悪役令嬢の矜持《きょうじ》

～婚約破棄、構いません～

Characters
登場人物紹介
フリード
規格外の強さを持つ辺境伯。孤独に戦うクリスティーナを熱愛している。
クリスティーナ
誇り高き侯爵令嬢。王太子と婚約していたが、その婚約を破棄されてしまう。

オズワルド
学園の教師。
ギレス
王太子の護衛騎士。
ユリウス
クリスティーナの兄。
アレクシス
この国の王太子。努力家に見えるソフィアを愛するようになり、クリスティーナとの婚約を破棄する。
ソフィア
乙女ゲームのヒロイン。中身は転生者で、その知識を活かし王太子とハッピーエンドを迎えた。

プロローグ

「……婚約破棄、ですか？」

「そうだ。クリスティーナ・ウィンクラー、私と君の婚約を本日この時をもって破棄する」

王立学園内の王族専用の執務室で向かい合わせに座る王太子——アレクシス・シュタイアート殿下の言葉が信じられず、私は唖然《あぜん》とする。

（解消ではなく、破棄……）

到底受け入れられない内容だ。破棄という二文字だけが、グルグルと頭の中を回り続けている。

目の前に座る王太子がその豊かな金糸をかき上げた。こちらを見据《みす》える碧《あお》の瞳は冷たい怒りを湛《たた》えている。

彼の隣にはストロベリーブロンドの少女が座し、二人の背後には殿下の側近候補の学友と護衛騎士が立つ。慣れ親しんだとまでは言えないが、幼い頃よりそれなりの交流を持ってきたはずの二人の男たちの瞳にも、王太子殿下と変わらぬ怒りが滲《にじ》んでいた。

「クリスティーナ、悪あがきはよせ。殿下へ了承の返事をしろ。ウィンクラーの名を汚すな」

「……お兄様」

自身の右隣りに座る兄、味方であるはずの身内にまで切り捨てられて、視界が暗くなる。傾《かし》ぎそうになる身体を必死に引き起こした。

ここで気を失うなど、そんな無様《ぶざま》を晒《さら》すのは許されない。暗転していく視界を目をきつく閉じることでやり過ごし、顔を上げた。

先ほどと変わらぬはずの光景に、不意に違和感を覚える。脈絡もなく、一つの疑問が浮かんだ。

——どうして、卒業式での断罪じゃないの？

（卒業式？　私、何故《なぜ》卒業式なんて考えたのかしら？）

自分で呈《てい》した疑問がどこから生まれたのかが分からずに混乱する。

卒業式とはおそらく、一週間後に学園を卒業する殿下方三年生を見送る卒業式典のこと。そのような場での断罪などあり得ないと分かっているのに、何故《なぜ》かその場の光景がありありと脳裏に浮かんだ。

「クリスティーナ、君が返答を渋ろうと、今回の婚約破棄については王家と公爵家で既《すで》に話がついている。決定が覆《くつがえ》ることはない」

殿下の宣告に返すべき言葉を探す。自身の混乱を収めるために、時間稼ぎをしなければならない。

「理由をお伺いしてもよろしいでしょうか？　何故《なぜ》、婚約が破棄されるに至ったのでしょうか？」

「ふん。身に覚えがないと？」

殿下の問いに、私は口をつぐんだ。彼の言わんとすることは分かるが、認めるつもりはない。

殿下が背後を振り返り、イェルク・ミューレンの名を呼ぶ。呼ばれたイェルクが一歩前に出る。

「クリスティーナ・ウィンクラー嬢。ここに、貴女がソフィア・アーメント嬢に対して行った暴行、傷害に関する証拠書類があります」

「身に覚えがありません」

「ええ、そうでしょうね。貴女自身は何の手出しもしていない。ですが、ソフィア嬢に対する一連の加害行為を貴女は知っていたはずだ。実行者は貴女の支持者、信奉者たちなんですから」

少し長めの茶色の前髪の向こう、銀縁の眼鏡の奥から真っすぐにこちらを射る榛色《はしばみいろ》の瞳には、怒りと侮蔑《ぶべつ》が込められている。

イェルクの言う通り、確かに私は派閥の者たちの行いを知っていた。知っていて彼らを止めなかった。それを罪だと責められようと、私の判断は間違っていない。

けれども同時に、「悪手だった」と自身の失態を認める思いも浮かんできた。

(悪手？　何故《なぜ》？　平民上がりの男爵家の者が殿下のお傍《そば》近くに侍《はべ》ることが間違いなのよ)

そう、思うのに――

(いいえ、違う。この女、……この方は、前王家の末裔《まつえい》、その身に貴き血が流れる……)

突如浮かんだ考えに眩暈《めまい》がした。

花の王家と言われたハブリスタント家。未だ国民からの絶大な支持を得ている前王家は、既《すで》に百年前の政変で滅びている。目の前の彼女がその末裔《まつえい》だなんてあり得ない。

荒唐無稽《こうとうむけい》な妄言《もうげん》が何故《なぜ》急に浮かんだのか。その原因を探《さぐ》るために、目の前の少女――ソフィア・アーメントをもう一度眺めた。

「……あの、クリスティーナさん？」

ストロベリーブロンドの髪に青空を写し取ったかのような澄んだ眼差《まなざ》しを持つ少女は、こちらの視線に怯《おび》えたのか、小さく身動《みじろ》ぐ。彼女の肩を殿下がそっと抱き締めた。

少女の口元に甘い笑みが浮かんだ。応えるように、殿下の碧《あお》い瞳が優しく弛《ゆる》む。二人の姿にはっきりとした既視感を覚えて、衝撃が走った。

(ああ、なんてことっ！　私、私はこの光景を知っている!?)

思わず立ち上がりかけたが、瞬時に剣先を目の前に突き付けられた。漏れそうになった悲鳴は、兄の叱責《しっせき》にかき消される。

「クリスティーナ！　何を考えている。殿下の御前だぞ。弁《わきま》えろ！」

兄にドレスを引かれたせいで、中途半端に浮いた身体が引き倒された。目の前には未だ抜き身の剣が突き付けられている。剣の向こう側には、短い黒髪の男ギレス・クリーガーが、殿下とソフィアを背中に庇《かば》うようにして立っていた。

動けば切ると言わんばかりの漆黒《しっこく》の瞳にヒタと見据《みす》えられ、再び既視感を覚える。視界の隅に、兄が頭を下げるのが映った。

「殿下、申し訳ありません。殿下のご温情を理解しようともしない妹の非礼、父に代わり、ウィンクラーとして謝罪いたします」

「いい、許す。ユリウスには今回の件で随分と骨を折ってもらったからな」

殿下の言葉に兄がもう一度頭を下げたところで、漸《ようや》くギレスが剣を下げる。

私は隣に視線を向け、顔を上げた兄の姿を茫然《ぼうぜん》と眺めた。プラチナブロンドの髪に凍《い》てついた氷のような碧《あお》い瞳。自分と同じ色を持つ兄の姿は、見知っていて当然のもの。

けれど、もっと別の場所でこの瞳を見たことが――

「クリスティーナ、帰るぞ」

「……帰る？　ですが、まだ話は終わっておりません」

「いや、終わりだ。今回、殿下との面会が叶ったのは殿下の温情によるもの。本来なら、家への通告をもって婚約の破棄は完了するはずだったのだ」

兄の言葉に歯嚙《はが》みする。

既《すで》に破棄は成立している、反論も許されないというのならば、何故《なぜ》私がこの場に呼ばれたのか。

こんなものが本当に温情だと言えるのか。

「さっさと立て。帰るぞ」

混乱する頭では思考が追いつかず、言われるままに立ち上がる。

退出を告げる兄に倣《なら》って頭を下げ、部屋を出ようとした刹那《せつな》、視界に飛び込んできた光景に息を呑んだ。

寄り添い合うアレクシス殿下とソフィアの二人、彼らの左右にイェルクとギレスが並び立つ。

（ああ、そうか、そういうことなのね……）

突如として蘇《よみがえ》った記憶、流れ込む膨大な情報を理解する。

やはり、これは、この場は、殿下の温情などではない。

これは、断罪だ――

私はこの場面を知っている。本来ならこれは、一週間後に行われる殿下の卒業式典において発生するイベント。秘されし王家の末裔《まつえい》を害した元凶を、王太子殿下の婚約者という立場から引きずり下ろし、学園、そして王都から追放する断罪劇の一場面。

物語の主役は目の前のソフィアで、彼女に仇《あだ》なす悪役は公爵令嬢クリスティーナ・ウィンクラー、この私だ。

◆　◆　◆

銀に近い透《す》き通《とお》るような金髪が、扉の向こうに消えていった。

（……やっと、終わった）

知らぬ間に詰《つ》めていた息を吐き出す。隣に座るアレクシスの手が伸びてきて、髪を撫《な》でた。

「本当に、これで良かったのか？」

「うん、十分だよ」

「私としては、ソフィアへの危害を理由に、あの女を学園から追い出したかったんだがな」

「ありがとう。でも、そこまでするには証拠が足りなかったから」

彼の言葉に苦笑すると、イェルクが頭を下げる。

「申し訳ありません。私の力が及ばず」

「そんな、違うよ！　イェルクは一生懸命やってくれたじゃない！　証拠も証言もちゃんと取ってくれて、おかげで嫌がらせしてくる人たちは殆《ほとん》どいなくなったんだから！」

「ですが、完璧ではありません。貴女を誹謗中傷《ひぼうちゅうしょう》する奴らを完全に排除するには至っていない」

吐き捨てるような声に、アレクシスが苦い顔になった。

「クリスティーナと実行者との直接的な繋がりを押さえられなかったのが痛いな」

「はい。彼女を庇《かば》っているのか、何なのか。皆が皆、己の意思で動いた、クリスティーナ嬢の指示はなかったと証言していますから」

「派閥の者の統制を取れなかったとして、『クリスティーナに王太子妃たる資格なし』と陛下に婚約の破棄を認められたが、学園を追い出すにはやはり弱いか」

アレクシスとイェルクが悔しげに話すのを横で聞きながら、私は自分の人生における最大の山場を無事に越えられたことにホッとする。

(悪役令嬢に『ざまぁ』されずに済んで、本当に良かった)

私には、物心つく前から前世の記憶というものがある。その記憶のおかげで、子どもの頃から「優秀だ」と評価され、実の親も分からない孤児にもかかわらず、男爵家に養子として迎え入れられた。実の子同然に愛されて、というわけにはいかなかったけれど、衣食住に困ることもなく、貴族として最低限の教育を受けることもできた。

そうして、この世界を知っていく中で気付いたのは、自分が生きているのが前世の記憶にある乙女ゲーム『蒼穹《そうきゅう》の輪舞《ロンド》』の世界ではないかということだ。国名や攻略対象だったアレクシスたちの名前、王立の魔法学園が存在するという事実から、確信に近いものを感じていた。

それと同時に、自分自身の容姿にも、「もしかして」という予感があった。ストロベリーブロンドの髪に碧《あお》い瞳。それは、『蒼穹の輪舞』のヒロインが持つ色とまったく同じだ。

（最初は、単純に嬉しかったんだよね）

隣でイェルクを相手に真剣に話をしているアレクシスの横顔を盗み見る。

（綺麗な顔……）

何度見ても感動してしまう。

前世でゲームのパッケージに描かれていた彼を初めて見た時から、私はずっとアレクシスが好きだった。

その大好きだった彼が目の前に現れ、手の届く距離にいる。信じられないくらいの奇跡に何度も感謝し、アレクシスにクリスティーナという婚約者がいることを承知で、彼へアプローチし続けた。

結果、彼と想いが通じ合えたのは、前世の知識に因《よ》る部分が大きいが、そこに後悔はない。

（だって、アレクシスの隣だけは、絶対、誰にも譲れないもの）

最初こそ、思い悩むこともあった。この世界がゲームに酷似しているとはいえ、実際は別物、よく似ただけの世界という可能性もある。そんな世界で、男爵令嬢にすぎない自分が王太子であるアレクシスに近づくなんて許されるはずがない。

（実際、嫌がらせは酷《ひど》かったし）

ものを隠されたり壊されたりの被害はまだしも、直接的な暴力行為には何度も心が折れそうになった。普段の生活ではアレクシスたちが傍《そば》にいてくれたので問題はなかったが、一つ年上の彼らとずっと行動を共にはできず、魔法科の演習では悪意ある攻撃にさらされ続けた。クラスで唯一の友人、ゲームの攻略対象でもあるパウルが助けてくれなければ、きっと耐えきれなかっただろう。

（ただ、そのせいで、パウルの好感度が上がりすぎちゃったのは失敗だったかな）

アレクシス以外の攻略対象者たちを「攻略」するつもりなんてないから、余計な好感度を稼いだことに不安はある。複数の攻略対象者に好かれる、所謂《いわゆる》「逆ハーエンド」に到達していたら——

「……ソフィア、聞いているか？」

「え!? あ、ごめんなさい！ ボーッとしてて」

アレクシスの問いかけに慌てて返事をする。

「いい、気にするな。余程、気を張っていたんだろう。やはりお前を残して卒業するのは心配だな」

「そんな、心配なんてしなくても……」

「いや、クリスティーナを追い出せなかったんだ。あの女がこのまま大人しく引き下がるかどうか」

不安を口にする彼に、首を横に振って答えた。

「確かに、ちょっと不安だけど、でも、パウル君やボルツ先生がいるから」

「そうだな。だが、できれば、ソフィアのことは私自身の手で守りたい」

味方になってくれる友人とクラス担任の名前を挙げると、アレクシスが困ったように笑う。

「婚約破棄を直接告げれば、クリスティーナが逆上して何かしでかすかと予想したんだが、思った以上に冷静で付け込む隙《すき》がなかった」

「でも、アレクシスがちゃんと婚約破棄してくれたから、それだけで私は嬉しかったよ」

そう告げた途端、アレクシスは柔らかな笑みを浮かべる。

前世の知識には、乙女ゲームを題材とした悪役令嬢の逆襲、「ざまぁ」というものが存在する。そうならないために、攻略対象者たち全員を攻略する「逆ハーエンド」や卒業式での婚約破棄といった常識外れな真似はしないように注意してきた。

クリスティーナの断罪の場も、自分からお願いしてアレクシスの執務室に変えてもらったくらいだ。

この閉鎖空間で、絶対に自分の味方だと確信を持てる人たちの中であれば、クリスティーナに逆襲されることはない。

「ああ、そうだ。ソフィア、お前との婚約発表についてなんだが」

今回の結果に満足している私の横で、アレクシスがすまなそうに口を開いた。

「クリスティーナとの婚約破棄についてはすぐにも周知するつもりでいるが、婚約発表については少し先になる。ただ、お前が花の王家の末裔《まつえい》であることは陛下にお伝えしてあるから、時間はかかろうと、必ず認めてみせる」

彼の言葉に、私は自身の胸元に触れる。ゲームにも出てきた前王家の血筋を表す花の模様は、アレクシスと想いが通じ合った時に、胸元に浮かび上がった。

愛する者に幸福をもたらすと言われるハブリスタントの花。この印さえあれば、私がアレクシスと結ばれることに何の問題もない。

「うん、分かってる。大丈夫、いくらでも待つから」

「早ければ、卒業式典後の祝宴で発表できるだろう。待ち遠しいな」

アレクシスの手が胸元に置いた手に重なる。

私は込み上げる涙を押し殺して頷《うなず》いた。

前世の知識のおかげではある。だけどそれに頼り切ることなく、私は自分の努力でここまで来た。

大好きだったアレクシスだけを一途《いちず》に想い続けて、そして、とうとう手に入れたのだ。

前世で夢見た私だけの王子様と迎えるハッピーエンドを――

第一章　婚約破棄という名の始まり

ガタゴトと音を立てて走る馬車の中、向かい合わせに座る実の兄の姿をぼんやりと眺めていた。

眉間《みけん》に皺《しわ》を寄せ険しい表情で目を閉じる男の姿は、見慣れた兄のもの。

けれど、遥《はる》か彼方《かなた》の記憶によると、彼は『蒼穹の輪舞』という乙女ゲームの攻略対象。悪役令嬢の兄であり、将来のウィンクラー公爵ユリウス・ウィンクラーでもある。

ゲームのユリウスは、主人公であるソフィアに時に冷酷なほど厳しい言葉を投げかけながらも、いつしか彼女の優しさに絆《ほだ》され、彼女を守りたいと思うようになる。ソフィアへの気持ちを認めた後は、甘い言葉と眼差《まなざ》しで彼女を慈《いつく》しむが、ソフィア以外には非情なまま。たとえ実の妹であろうと、愛するソフィアを傷つける者には一切の容赦《ようしゃ》をしない。

（っ！　……大丈夫、大丈夫よ）

思い出してぞっとしたゲームでの彼の姿を、頭から追い払う。

仮にここがゲームの世界なのだとしても、ソフィアが選んだのはアレクシス殿下だ。兄であるユリウスとの仲は噂にもなっていないのだから、彼が私を追《お》い詰《つ》めることはない。

（でも、だとしたら、何故《なぜ》あの場にユリウスがいたの？）

『蒼穹の輪舞』には逆ハーエンドも存在するが、その場合は、ヒロインが特定の誰かと結ばれる描写はない。私と殿下の婚約が破棄されたことを考えれば、間違いなく「アレクシスルート」だと思うのだが――

「……降りろ」

兄の一言に、物思いから覚めた。気付けば、馬車の振動が止まっている。

兄に急《せ》かされて降り立った場所は、ウィンクラー公爵家の王都邸だった。

王立学園では寮生活が基本のため、帰宅は一週間ぶり。一週間前にこの邸を出た時には想像もしていなかった自身の状況に、前へ進むことを躊躇《ちゅうちょ》した。それを見た兄に腕を引かれる。

「父上がお待ちだ。今回の不祥事について、お前自身から話を聞きたいそうだ。……せいぜい、あがいてみるがいい」

そう吐き捨てられた言葉の根底にある怒りは、ウィンクラーの名を汚《けが》されたことに対する公爵家の人間としてのものなのか。或《ある》いは、憎からず想う相手を害された男としての怒りか。

エスコートというには些《いささ》か乱暴な扱いで、ウィンクラー家当主である父親の執務室に導かれた。狂信的なほどの愛国者で、国とその身に流れるウィンクラーの血を何より誇りに思う父が、この時間に邸にいるのは極めて珍しい。

(それだけ、事《こと》が重大。お怒りというわけね)

分かっていたことではあるが、父との対面を前に身体が震えそうになる。逃げ出したくてたまらない。

けれど、そんな情けない姿を、自身の腕を掴《つか》んだままの兄に悟られるのは嫌だった。

「お兄様、一人でまいります。手をお離しください」

腕が無言で離される。解放されたそこを軽く撫《な》で、姿勢を整えてから目の前の扉を叩いた。

「……入れ」

入室を許す声に室内に踏み入ると、正面の机の向こうに兄そっくりな瞳でこちらを見据《みす》える父、ハンネス・ウィンクラーが座っている。「国の護《まも》り」と呼ばれるウィンクラー家当主との対峙《たいじ》。震える両手を強く握り締め、私は机の前まで歩み寄った。

「……思ったより早かったな。殿下の命《めい》はしかと受け取ったか」

「はい。殿下との婚約が既《すで》に破棄された旨《むね》、お伺いしてまいりました」

そう答えると、こちらを探《さぐ》るアイスブルーの瞳を向けられる。そこに親子の情愛のようなものは感じられない。

物心つく前に母を失ってから、私の家族は父と兄だけだが、今なら家族というには冷《さ》めきった関係性なのだと分かる。父の注意がこちらを向くのは何かしらの命令がある時だけ。兄と笑い合って遊んだ記憶もない。前世の記憶を思い出すまでは、それが私の知る「家族」だった。

「ヘリングの娘を抑えられてしまったのは失態だったな」

唐突に父が口にした名前に、身体が震える。

「あの娘の行為自体は大したものではないが、ヘリングはうちの係累、娘のほうもお前との繋がりが強すぎた。そこを制御できなかったと言われてしまえば、こちらとしては最早、何も言えん」

父の言うヘリングの娘、ヘリング伯爵令嬢のカトリナは、ゲームにおいては悪役令嬢の「取り巻き」の一人という設定だ。悪役令嬢の意を汲《く》んで、ソフィアに対して数々の嫌がらせを仕掛けるのだが、実際、私が彼女に何かを指示したことはない。そんな必要はなかったから。

公爵令嬢であり、王太子の婚約者でもあった私の望みは、私が望む前に周囲によって叶えられてきた。ソフィアに関しても同じこと。「私が不快に思っている」と見なされた時点で、彼女は排除対象となった。

（私は何も指示していない。……だけど、止めることもしなかった）

それが間違いだとは思わない。おそらく、父も同じ決断をした。公爵家としては、政治の駒《こま》にもならない王太子の想い人など厄介事《やっかいごと》でしかない。だから、父は学園内での私の行いを静観していた。

学園で起きていたことを父が知らなかったはずはない。閉ざされた空間とはいえ、父にはそれだけの力があり、王太子は国の礎《いしずえ》、父が護《まも》るべき対象だ。

（むしろ、好きにさせることで、私を試していたのかも）

私の王太子妃としての資質を測っていたのだろう。そして、私は失敗した。その失敗をどうやったら巻き返せるか。

娘であろうと、国のためならば平気で道具として扱う父に、親としての情を期待するのは無駄なだけ。挽回する方法を思案する内に、父の口から自問のような呟《つぶや》きがこぼれた。

「ただ、陛下の御心も解《げ》せん。婚約の破棄に関しては受け入れるが、殿下が望まれたとはいえ、何の後ろ盾もない男爵家の娘を王太子妃に据《す》えようなどと」

不快を示す父の表情に閃《ひらめ》きを得て、私は覚悟を決める。

（親の情が期待できないのなら、認めさせるしかない。私の価値を、自分の力で……）

そのための一手として、どうやら、父をもってしても未だ手にしていないらしい情報を口にする。

「ソフィア様は、花の王家ハブリスタントの末裔《まつえい》でいらっしゃいます」

「っ⁉　馬鹿な、そんな情報はどこからも入っていない。不用意な発言は止《よ》せ。不敬に当たる」

「事実です」

前世のゲームという不確かな知識からの情報だが、私に切れるカードの数は限られている。断言して、言葉を続けた。

「まだ力に目覚められたばかりなのでしょう。ですが、殿下と、……私との婚約破棄をお認めになったというのであれば、陛下も既《すで》にご存じなのではないでしょうか」

「……お前の言葉が真実であれば、確かに納得はいく。ハブリスタントの再興は我が国の悲願。現王家としても、これ以上ない良縁ではあるな」

半信半疑、といったところだろうか。私の言葉を信じてはいないが、それを真とすれば成り立つ仮説に、父が困惑している。

「クリスティーナ、その情報はどこで得た？　殿下に明かされたか？」

「いいえ。殿下からは何も伺っておりません。お兄様も、おそらくご存じではないでしょう」

「では、いったいどこで？」

重ねて聞いてくる父に、首を横に振って答えた。

「それは明かせません。ただ、私にも、お父様の知り得ぬ情報を得る手段がございます」

「……この話の信憑性《しんぴょうせい》は？」

「私自身は間違いなく真実だと思っております。ですが、まぁ、証《あかし》は何もありませんから、そのような可能性もあるとお心の隅にでもお留め置きください。お父様なら、いずれご自身で同じ真実に辿《たど》り着《つ》かれるでしょう」

値踏みする視線を向けられて、無表情で返す。暫《しば》しの沈黙の後、父が口を開いた。

「思ったほどお前が取り乱していないのは、ソフィアという娘の血筋を知ったがためか？　己の行いを省《かえり》みて、悔いているとでも？」

「いいえ、まさか」

その言葉を即座に否定する。

「ソフィア様の出自を把握したのはつい最近、それこそ、殿下が私との婚約破棄に動かれた後です」

「ふん。では、何故《なぜ》そこまで落ち着いている？　お前は殿下に婚約を破棄され、家の名に泥を塗った。おまけに、その娘が本当に前王家の血を引くというなら、国に弓を引いたことになる」

「私は今までの自分の行いが間違っていたとは思いません。全ては国のため、将来の王太子妃としての行動でした」

過去の自分は真実そう思って行動していた。結果が失敗に終わったのは、ソフィアがハブリスタントの血を引いていたという予測不可能な事態が起き、結末が覆《くつがえ》されたからにすぎない。

淡々と答えると、父が小さく息をつく。

「まぁ、いいだろう。今回の件に関しては、私も事態を読み誤った。お前一人の責というわけではない。だが、これ以上、王家の不興を買うわけにはいかん」

「では？」

「学園を辞めろ。退学して嫁《とつ》げ。嫁《とつ》ぎ先《さき》は見つけておく」

その答えに、やはりと思う。ある程度、覚悟していたこと。父ならば、そう判断してもおかしくない。王家の不興を買った娘など、最早、公爵家に益のある家に縁付ける程度にしか使い道がなく、自身のこれからの行く末がバラ色に輝いているとは到底思えなかった。

それでも、あがいてみせる。

「お待ちください、お父様。私は、学園を辞めません」

このまま何もせずに終わらせるつもりはない。

父への抗命に、目の前のアイスブルーの眼差《まなざ》しが鋭くなる。

「私の決定に逆らうつもりか？」

父に対する、初めての抵抗かもしれない。今や、父の瞳に見えるのは冷たい怒りだ。

父にとってはただの道具、思い通りに配置できるはずの駒《こま》が、駒《こま》であることを放棄した。その怒りは如何《いか》ほどのものか。その冷たさに、心臓の音が速くなる。

「私の命に従わぬなら、今すぐ出ていけ。金輪際《こんりんざい》、ウィンクラーの名を名乗るな。その覚悟もなしに逆らったというのなら、お前は愚かだ。思考などせず、私の命にだけ従っていればいい」

「お父様、私は『お待ちください』と申し上げました」

私の言葉に父の瞳は胡乱《うろん》なまま。先を促《うなが》されて、答えを口にする。

「お父様の命に従えないのは半分だけ、学園を辞めるという点に関してだけです。私とてウィンクラーの娘。殿下との婚約が破棄された今、いずれは家のための婚姻を結ぶことに否やはありません」

実際、今まで結ばれていた王太子との婚約もそうだった。王太子の後ろ盾を欲した王家と、国の護《まも》りを第一義に王家との繋がりを欲したウィンクラーとの間で成された契約。そこに、当人である私たちの意思は存在しない。

それでも、共に過ごす時間の内で確かな敬意と親愛が育っていたはずだったが――

（多分、私と殿下では、根源的に求めるものが違った……）

同じく政略で結ばれた国王夫妻は、そうとは思えぬほどに仲睦《なかむつ》まじく、アレクシス殿下はそんな両親の姿を見て育っている。

一方、前世の記憶を取り戻すまで、私には「夫婦」というものの在《あ》り様《よう》がよく分かっていなかった。王太子妃という「役目」なら分かる。何をするべきなのかも。けれど、殿下の「妻」としての自身を思い描くことはできなかった。だから、当然のように、ソフィアを排除するべきものだと見なしたのだ。彼女はこの国の治世に必要ない。

（今なら、単に、愛する人と結ばれたいだけという気持ちも理解できるけれど）

それは、今の私にとっては望めない未来。ただ、望めなくとも、諦められないこともある。

「お父様、私、学園を首席で卒業いたします」

「何だと？」

父の不審の声に、私は胸を張った。

「だって、馬鹿らしいではありませんか。殿下に婚約を破棄された私は傷物、言ってしまえば、今が底値です。貴族令嬢として最低の価値しかない。その状態で市場に売り出すなど、あり得ません」

口にするのは自身の価値。父には、情ではなく計算で決定を覆《くつがえ》してもらうしかない。

「私自身の意地としてもそうですが、ウィンクラーとしても許せるものではありません。こちらの足元を見て集《たか》る輩《やから》に嫁《とつ》ぐなど。嫁《とつ》ぐなら己の価値を高めてから、ウィンクラーとしての誇りを取り戻してからと考えています」

「……それが学園の首席卒業だというのか？」

「はい。最も分かりやすい指標の一つですから」

こちらの提案に考え込む様子を見せた父の判断を待つ。

(絵空事、と言うほど遠くはないはずよ)

幸いなことに、学園卒業時の首席は三年時の成績だけで決まる。卒業までの一年間に行われる二度の試験に加えて、卒業演習である御前試合で好成績を残せれば、首席を取れる可能性は十分にあった。

暫《しばら》くの沈黙の後、父が口を開く。

「分かった、やってみろ」

「っ！　ありがとうございます」

サラリと告げられた言葉に身体中の血が沸騰《ふっとう》した。

大きな賭けに勝った。緊張から解き放たれた身体が息を吹き返す。同時に、自身が口にした「首席卒業」という高い壁に挑《いど》むことへの高揚《こうよう》、自身の努力次第で未来が変わる可能性に、心臓が痛いくらいの鼓動を刻み始める。

「ただし、条件をいくつかつける」

「条件、ですか？」

ドクドクと耳元でうるさい自身の脈を感じながら、父の言葉を聞き返した。

「期末の考査に関しては、必ず首位を取れ。前期で首位をとれなければ、その時点で退学させる」

「分かりました」

「これ以上、お前に無駄な金をかけるつもりはない。侍女は引き上げさせる。家庭教師もなしだ。やるというなら、己一人の力で成《な》し遂《と》げてみせろ」

「はい」

元よりそのつもりではあった。日常生活の補助をしてくれる侍女を取り上げられるのは痛いが、前世を思い出した今なら、やってやれないことはない。

了承の返事に、父が頷《うなず》き返《かえ》す。

「ウィンクラーは、殿下の不興を買ったお前を切り捨てる。最後の情《なさけ》として学園は卒業させてやるが、貴族令嬢としての扱いはしない。……そういうことだ」

「承知、しました」

「身を慎《つつし》め。これ以上、殿下の不興を買うような真似はするな」

頷《うなず》いて、最後にもう一度、礼を口にした。

辛《かろ》うじて閉ざされることのなかった未来、それを切り開いていくのはここから。これから先の道を、自分一人の力で進まなければならない。


父の書斎を出た頃には日が暮れかけていた。そのまま公爵邸に泊まることが許されたのは、それも「最後の情《なさけ》」ということなのだろう。

入れ替わるようにして父の書斎に呼ばれた兄とは夕食の席で顔を合わせることもなく、その後は就寝のため自室へ引っ込んだので言葉を交わすことはなかった。

私の処遇について父から聞かされるのだろうが、彼がどう反応するか。それが気にならないと言ったら嘘になる。

(……大丈夫、絶対、大丈夫)

寝支度を済ませて倒れ込んだ寝台。今日一日の疲労がどっと押し寄せてきた。

目をつぶると、脳裏を巡る場面、複数から向けられる敵意、怒り、こちらを害そうとする明確な意思。向けられた鉄の刃の鈍い輝きを思い出して、今更ながら自分の身体を抱き締める。

(ソフィアは、こんなものをずっと向けられてたのか)

それは確かにキツかっただろう。だけど、同情はしないし、罪悪感も抱きたくはない。

殿下の傍《そば》にいることを選んだのは彼女自身。辛《つら》いなら、嫌なら、殿下から離れれば良かっただけのこと。

そう思うのは公爵令嬢としての私の意識。その一方で、僅《わず》かな罪悪感と共に、それほどまでに殿下を想えるソフィアを凄《すご》いと感じた。

(この感情は、きっと前世の私の意識のせいね)

婚約破棄を告げられたショックで思い出したのは、乙女ゲーム『蒼穹の輪舞』を中心とするものばかりで、はっきり「私」というものを思い出したわけではない。日本という国やゲームといった存在、転生という概念や、『蒼穹の輪舞』をプレイしたという記憶はあるものの、肝心の自分自身に関する記憶が見当たらなかった。

(乙女ゲームをプレイしていた時点で、多分、女だった、ということは分かるのにでは、歳《とし》は？　仕事は？　家族は？　そんな記憶は、まったく蘇《よみがえ》らない。

(でも、今はそんなことは重要じゃないから、いい)

今、情報として必要なのは『蒼穹の輪舞』に関することだけ。ただそれも、婚約破棄が成された後では無用の長物かもしれなかった。

(ゲーム通りなら卒業式典で婚約破棄、式典後のパーティでソフィアの正体が明かされ、殿下との婚約が発表されて、ゲーム終了。最後に、二人の結婚式のシーンがあった気もするけれど……)

実際の婚約破棄は式の一週間前だった。

時期がズレた理由として、ここがゲームとは違う世界だという可能性や、ヒロインであるソフィアもまた転生者なのではないかという推測が浮かぶ。

「……まあ、だとしても、もう関係ない、か」

暗い部屋に、自身の呟《つぶや》きがこぼれる。

本来なら、王太子の婚約者として式典に参加し、式典後のパーティに彼と出席するのは私のはずだった。既《すで》にドレスは仕立て済みだが、この先、殿下の色味に合わせて作られたそれが日の目を見ることはない。

不意に、涙が込み上げてくる。

涙の理由は自分でも分からない。王太子妃になれなかった悔しさだろうか。殿下を愛していたわけではないけれど、王太子妃になるために積み上げた努力は嘘ではない。それらが無駄になったことは心の底から悔しい。

（……馬鹿みたい）

愛していたわけでもない人を失って泣いている自分がおかしかった。

私はただ、王太子妃、将来の王妃としてこの国のトップに立ちたかっただけ。ただ、その夢が潰《つい》えただけなのに――

（大体、私、王太子妃になって、その後は何をしたかったんだろう）

前世の記憶が蘇《よみがえ》るまでの私、クリスティーナ・ウィンクラーには、そこから先の「何か」がなかった。ただ、この国の女性のトップに立つ。それが、最終目標になってしまっていた。

（昔、子どもの頃はどうだったっけ？）

殿下の婚約者に選ばれた時、「将来、殿下の隣に立つのはお前だ」と言われた私は、殿下の隣で何をするつもりだった――？

「忘れちゃった……」

横になったまま、閉じた瞼《まぶた》に拳《こぶし》を押し付ける。忘れてしまった過去に別れを告げた。

（もう忘れた。もう思い出さない。今考えないといけないのは、これからのことだから）

父に誓った新たな目標は実現可能ではあるが、決して容易《たやす》いものではない。幸いにも、自分は殿下の婚約者を降ろされた身、今まで王太子妃教育に当てていた時間を自由に使える。

皮肉な思いに、口元が歪《ゆが》んだ。こんな歪《いびつ》な笑みを浮かべる女は、到底、王太子妃に相応《ふさわ》しくない。

けれど、それが今の私、クリスティーナ・ウィンクラーなのだ。

◇◇◇

公爵邸から学園の寮に戻ったその日から、私の生活は一変した。

「あら？　どなたかと思えば、クリスティーナ様？　ごめんなさい。あまりにみすぼらしかったので気付きませんでした」

寮内の食堂、登校前の朝食の時間に一人食事を終えたところで、悪意ある言葉を投げつけられる。

顔を上げた先には、昂然《こうぜん》と胸を張るリッケルト侯爵令嬢テレーゼとその友人たちが立っていた。

「嫌だ。公爵令嬢ともなると、殿下に婚約を破棄されても平気な顔をしていられるのね。私なら、恥ずかしくてこの場になんていられないわ」

「あら、でも、確かクリスティーナ様はウィンクラー家を放逐《ほうちく》されたのじゃなかったかしら？　公爵令嬢とお呼びするのも障《さわ》りがあるわね」

私が寮に戻った日から始まったテレーゼたちの嫌がらせは、ただ、毎回、同じような言葉をネチネチと繰り返すだけのもの。三日も続けば、いい加減、付き合うのも馬鹿らしくなる。自身の味方がまったくいない状況では、黙ってやり過ごすのが最も面倒が少ない。

（まぁおかげで、学園の噂については大体、把握できたわね）

彼女たちによると、私が殿下に婚約を破棄されたこと、その理由が殿下の不興を買ったからであること、そして、私が公爵家からも見放されていること、この三点に関しては、確定事項として噂になっているらしい。

「ユリウス様もお可哀想に。こんな女が血を分けた妹だなんて」

「本当に。ユリウス様は妹の不始末を殿下に謝罪なさったそうよ」

「まぁ！　家にここまで迷惑をかけて平然としていられるなんて、本当に、なんて浅ましい」

私と殿下の婚約破棄について、正式な発表は未だされていない。それにもかかわらず、これほど早く「確度の高い情報」として噂が出回ったのは、殿下側がそう動いたからだろう。

態々《わざわざ》、破棄の原因が「殿下の不興」と付加されているのは、ソフィアを守るため。彼がソフィアを寵愛《ちょうあい》していることも私がソフィアを排斥しようとしていたことも周知の事実なので、誰もが、それが婚約破棄の原因だと考える。ソフィアの血筋が明かされぬ中にあって、その噂は彼女の盾となるだろう。

　現に、今の学園でソフィアに手を出そうとするものはいない。自身の派閥にあった者たちだけでなくテレーゼたちも、ソフィアに関しては表立った行動を起こせずにいた。

「私、以前より、クリスティーナ様がアレクシス殿下に相応《ふさわ》しいとは思えませんでした」

「ええ。私も。殿下に相応《ふさわ》しい方は、家柄、血筋は当然のこと、誰よりも美しく、教養に優れた方、やはり、テレーゼ様のような方でなくては」

「まぁ！　貴女たちったら」

　分かりやすい世辞にテレーゼが笑みを浮かべる。

　彼女たちがこうして私にちょっかいをかけるのは、手の出せないソフィアの代わりに私を利用し、殿下の傍《そば》にいるソフィアを牽制《けんせい》するという目的もあるのだろう。

（それはそれで、下策だと思うけれど）

　言わせてもらえば、彼女たちは私にかかずらっている場合ではない。彼女たちが今とるべき行動は、ソフィアに阿《おもね》ることだ。

　それをしない、できないのは、彼女たちのプライドの高さ故《ゆえ》か、もしくは本気で王太子妃の座を諦めていないからなのか。かつては、殿下の婚約者としてテレーゼからのやっかみを受け続けた身だ。彼女の殿下への執着は私が誰よりも知っている。

（それも、もう私には関係ない話だけど……）

　目の前で続く益体《やくたい》もない会話に見切りをつけて立ち上がろうとしたところで、背後から冷たい衝撃に襲われた。

（っ⁉　いったい、何が……？）

「あら、まぁ、大変！　クリスティーナ様ったら、水浸《みずびた》しね」

「そのようなお姿もお似合いではありますが、この場には相応《ふさわ》しくありませんね。さっさと退出なさったらいかが？」

頭の上に感じる濡れた気配。額《ひたい》や首筋を流れ落ちていったものが服を濡らす。咄嗟《とっさ》に動けずにいると、髪から垂れた水滴がテーブルの上にシミを作っていく。

背後から悲鳴のような声が上がった。

「も、申し訳ありません、クリスティーナ様、私、私！」

振り返った先、見慣れた顔があったことに驚く。カトリナ・ヘリング――顔面を蒼白《そうはく》にし、手にした空のグラスを取り落としたのは、かつて自身の「友」であったはずの少女だった。

彼女の視線が、私とテレーゼたちの間で行き来する。その怯《おび》えた眼差《まなざ》しに事態を呑み込み、私は無言で立ち上がった。

「ク、クリスティーナ様……」

「あら？　野良犬は野良犬らしく、場を弁《わきま》えることにしたのかしら？」

カトリナの小さな声とテレーゼの揶揄《やゆ》を背に、手にしたトレーを持って歩き出す。頬に張り付く髪と濡れた服が不快だ。いくつもの嘲《あざけ》りと侮蔑《ぶべつ》の視線の間を縫って進む。その時、視界の先、目に映った人物の姿にふと好奇心が浮かんだ。

今の私の状況に、彼女はどう反応するのだろうか——？

通りすぎる途中で、歩みを止めてみる。

「え、クリスティーナさんっ⁉」

見下ろす先には、驚きに見開かれた蒼穹《そうきゅう》の瞳があった。けれど、視線が合ったのは一瞬のこと。すぐに視線を逸《そ》らし俯《うつむ》いた彼女を観察する。

その横顔に浮かんでいるのは後ろめたさだろうか。何も言わない彼女の姿を認めて、私は再び歩き出す。

（……良かった）

私の窮状《きゅうじょう》にソフィアは動かなかった。見ない振りをした。

そのことに、言い表せないほどの安堵《あんど》を感じて、知らず口角が上がった。


食堂を出た後、濡《ぬ》れ鼠《ねずみ》の状態で、私は自室への廊下を急いだ。

始業まで時間がない。辿《たど》り着《つ》いた部屋で、脱ぎ着の厄介《やっかい》な服から何とか一人で抜け出し、新しい服に袖を通す。とは言っても、手持ちの服は公爵令嬢に相応《ふさわ》しいようにと仕立てられたものばかり。どれだけシンプルなものを選ぼうと、自力で着脱できるようには作られていない。

「ああ、もう！」

迫る始業時間に気持ちが焦《あせ》る。背中の留め具をいくつか先に留めてから必死で身体を押し込んだ。残りの留め具に精一杯手を伸ばしても、なかなか上手《うま》くいかない。

視線を横に向ける。そこにある鏡を見ながら留め具を嵌《は》めようとして、目にしたものに手が止まった。

（……なんて、見苦しい）

鏡に映るのは、生気のない顔をした女。化粧の取れかけた顔に濡れて崩れた髪を張り付かせ、不《ぶ》恰好《かっこう》に服を纏《まと》っている。

惨《みじ》めで情けない姿、そう判ずるのは公爵令嬢である私。

その惨《みじ》めさに目の奥が熱くなるのは、前世の私に引っ張られているせいで、クリスティーナ・ウィンクラーが、この程度のことで涙するなどあり得ない。

（大丈夫よ。授業にはまだ間に合う。落ち着いて）

そう自身に言い聞かせて、先に髪を纏《まと》める。数日前までは常に侍女の手によって複雑に結い上げられていた髪だが、今は大ぶりのバレッタで留めるだけにしていた。留めた髪の下で背中に手を伸ばす。今度は上手《うま》く嵌《はま》った留め具にほっとして、正面から鏡に向く。

（酷《ひど》い顔）

婚約破棄以来、食欲が落ち、眠りも浅い。血色の悪さを隠すための厚い化粧も、水を浴びたせいで殆《ほとん》ど剥《は》げ落《お》ちていた。手早く修正を加えながら、自身をこんな目に遭《あ》わせたカトリナを思う。

（さっきの状況からすると、カトリナはテレーゼについたということね）

私が貴族令嬢としての価値を失った今、彼女が新たな拠《よ》りどころを得ようと動くのは正しい判断だ。ウィンクラーと敵対するリッケルトについたことは予想外だったが、そこはおそらく、ヘリング伯の判断によるもの。家として、ウィンクラーを捨ててリッケルトにつくことを選んだのだろう。

（或《ある》いは、切り捨てたのは父のほうなのかも）

カトリナは殿下の側近候補であるイェルク・ミューレンと政略上の婚約を結んでいた。その婚約も、私の婚約破棄と同時に解消されている。彼女がソフィアに行った嫌がらせの数々をイェルク自身の手で暴かれてしまったので、避けようがなかった。ただ、彼女が学園を去らずに済み、婚約が破棄でなく「解消」となった裏には、イェルク側と取引があったのではと考えている。

（たとえば、『嫌がらせは私《クリスティーナ》の指示で行った』と証言するとか……？）

殿下の思考とイェルクの手腕があれば、その程度の偽証はあり得る。実際、カトリナに証言されれば、偽証だと証明するのは難しく、状況的にあり得ると判断される可能性が高い。

ただ、それは明らかなウィンクラーへの裏切り。父が知ったら、決してヘリングを許さないだろう。

鏡に映る自分をもう一度眺める。全体的に貧相であることは否めないが、厚く化粧を重ねたことで顔色を誤魔化《ごまか》すことはできた。

（これからは、なるべく化粧品も節約しないと）

家からの援助が絶えた今、私には自由になるお金がない。今までのように化粧品に湯水のようにお金をかけることはできなくなった。顔色が戻れば、化粧の仕方を変える必要がある。

前世の感覚なら、十七という歳《とし》でそこまで化粧に拘《こだわ》る必要もないと思えるが、見栄と体裁《ていさい》を気にする世界では侮《あなど》られる要因となることもまた事実。

（それこそ、主人公《ソフィア》くらいの美しさがなければね）

化粧の類《たぐ》いを一切せずに、それでも愛らしい美しさを保つ少女を思いながら立ち上がる。時計を確認してから部屋を出た。

既《すで》に人気《ひとけ》のない廊下を見て、少々気持ちが急《せ》く。

（本当に時間の無駄ね……）

今の自分が置かれた状況、周囲の煩《わずら》わしさに気分が落ち込む。けれどそれも、食堂で見たソフィアの姿を思い起こすと、僅《わず》かに前向きになれた。

今や強者の立場であるソフィア。彼女の言葉は誰も無視できないことを彼女も周囲も理解している。あの場で彼女が少しでも私を庇《かば》えば、場の空気は変わっていただろう。けれど、ソフィアは何も言わなかった。

口元に満足の笑みが浮かぶ。

（本当に良かった。もし、あそこで彼女に助けられでもしていたら……）

私は負けを認めずにはいられなかった――

もしも彼女が、自身を害した相手さえ庇《かば》うような「正しい選択」をする相手だったら、私は諦めるしかない。彼女は一生越えられない壁、遥《はる》か高みの存在だと認め、自分の犯した罪を一生悔いて生きるだけだっただろう。

けれど、彼女は自分と同じ「人間」だった。見たくないものには目を閉じ、敵対する相手は切り捨てる。そういう普通の感情を持った、普通の選択をするただの人――

ない。


（だったら、まだ戦える……）

まだ手が届く、同じ土俵に立てる。彼女は、決して、「正しい選択」をするだけの天上人《プレイヤー》ではない。

私の所属する淑女科の授業は座学が中心で、演習は殆《ほとん》ど行われない。魔術などの科目も一応は存在するが、実技があるのは裁縫などの家政くらいのもの。つまり、授業が始まれば、直接的な嫌がらせを受ける心配はなかった。

一時間目の始業にも何とか間に合い——入室の際に、同級であるテレーゼたちからの嘲笑《ちょうしょう》は受けたものの、私は午前の授業を無事に終える。

授業が終わると同時に淑女科の教室を出た。テレーゼたちの干渉《かんしょう》が煩《わずら》わしかったのもあるが、一つの目的があって食堂に向かう。

以前は、昼食はサロンで友人たちととるのが常で、時間や周囲を気にすることなくゆったりと過ごしていた。だが、それは殿下の婚約者だからこそ許されていた特権。公爵家の財力を用いた贅沢《ぜいたく》な時間は、最早過去のものでしかない。

（今では食費にも事欠《ことか》く有様《ありさま》だもの。食堂が無料で助かった）

でなければ、昼食抜きの毎日に、いずれは身体を壊していただろう。食堂に着き、周囲を見回す。

（……今日もいないみたい）

ここ数日、毎日食堂に通い続けているのは、会いたい人物がいるからだ。

正確に言えば、彼女とは寮で毎日顔を合わせており、現に今朝も顔を合わせたばかりだった。それでも、彼女とはこの場で会うことに意味がある。

目的の人物が見つからない代わりに、周囲からはいくつもの好奇の視線を向けられていた。嘲《ちょう》笑《しょう》も投げつけられる侮蔑《ぶべつ》の言葉も、気付かぬ振りで前を向く。

食堂を出ていこうとしていた男子生徒を避けようとして、すれ違いざまに肩をぶつけられる。

「おっと、申し訳ない、クリスティーナ嬢。まさか、貴女がこんなところにいらっしゃるとは思わなかったもので」

おそらく騎士科の生徒だろう。貴族階級ではない男の揶揄《やゆ》に、男と一緒にいた友人たちが笑い声を上げた。それを黙ってやり過ごす。こちらが何の反応もしないので、男たちは肩をすくめて去っていった。

部屋の隅に身を寄せ、ジリジリと焦《あせ》る気持ちを押し込めて待ち人が現れるのをひたすら待つ。

(もし、明日までに現れなかったら……)

その時は次善策、女子寮での決行を余儀なくされる。だが、できればこの場、衆人環視の中で行いたい。彼女の隣に彼らがいる時に――

突如、食堂の空気が騒《ざわ》めいた。こちらに向けられていた突き刺さるような視線が離れていく。彼らの視線が向かうのは、いくつも並んだテーブルを挟んだ反対側、魔術科棟に続く出入り口だ。

(来た……!)

視界にストロベリーブロンドの髪が映る。アレクシス殿下と並んだソフィアが食堂に入ってきた。

彼らの背後に付き従うのはイェルクとギレス。加えて、今はそこに兄ユリウスの姿もある。

(ウィンクラーと王家の蜜月を示すため、か)

殿下と私の婚約が破棄されようとも、ウィンクラーは王家と共にある。内外にそう示すために、ユリウスは積極的に殿下の傍《そば》に侍《はべ》るようになった。必然、ソフィアと兄の距離も近しくなったはずだが、それが今の私の助けになることはない。

壁際を離れ、華やかな集団に向かって歩を進める。

最初にこちらの姿に気付いたのはギレスだった。以前と変わらずに鋭い視線を向けてくる。次いで、ソフィア以外の全員の意識がこちらを向いた。

似たり寄ったりの反応に、私という存在がまったく歓迎されていないことが分かる。それでも彼らの前に立った。男たちが何かを言う前に、ソフィアに向かって礼を取る。

「ソフィア様。直接お声がけする無礼をお許しください」

「え、私?」

碧《あお》い瞳が困ったように隣の殿下を見上げる。殿下の視線はこちらに向けられたまま、「下手《へた》な真似はするな」と警告してきた。その鋭さを無視して、ソフィアに話しかけ続ける。

「ソフィア様に謝罪させていただきたく、お声がけいたしました」

「謝罪、ですか?」

「はい。先日の話し合いの場では機会を与えられませんでしたので、改めてこの場にて謝罪を」

周囲の誰かが制止する前に、膝を折って頭を垂れる。

「ソフィア様に対する浅はかな行いの数々、誠に申し訳ありませんでした」

言い切って頭を下げた状態で待つが、ソフィアからの返事はない。彼女に代わり、聞こえてきたのは殿下の声だ。

「ソフィア、許す必要はない。この女の行いは、頭を下げたところで許されるものではないからな」

「うん、でも……」

殿下の言葉にソフィアが躊躇《ためら》いを見せる。その反応に、勝機を見た。

「ソフィア様」

顔を上げて名を呼ぶと、小さく首を傾《かし》げるソフィア。その瞳を真っすぐに見据《みす》えて、一歩、足を引く。そのまま床に両膝をついた。

「え!? あの、クリスティーナさん!?」

ソフィアの驚きの声を無視し、両手を揃えて床につく。額《ひたい》を床に押し付けた。

「なっ!? クリスティーナッ!」

「止《や》めろ！ 立て、クリスティーナ！ 何を考えている!?」

「……誠に、申し訳ありませんでした」

床に額《ぬか》ずいたまま、もう一度謝罪の言葉を口にする。

頭上で響く男たちの怒声。周囲からは悲鳴のような声が上がった。屈辱《くつじょく》だと、そう感じる公爵令嬢の心を押し殺す。チャンスは今しかない。

「どうか、愚かなこの身をお許しください。ソフィア様の寛大な御心を持って、何卒《なにとぞ》、慈悲《じひ》を……」

「止《や》めて！　止《や》めてください、クリスティーナさん！　頭を上げてください！」

「お許しいただけるまでは……」

ソフィアの出自、その身に流れる血が明かされてからでは遅い。前王家の血筋を害した罪が確定する、その前に許しを得なければならなかった。自身の未来を繋げられるのなら、こんな頭くらい、いくらでも下げてみせる。

慌てふためく様子のソフィアの横から、冷たい怒りを乗せた声が降ってきた。

「よせ、クリスティーナ。形ばかりの謝罪など不快なだけだ。即刻止《や》めろ」

「……ソフィア様、どうか、お許しを」

アレクシス殿下の制止を無視してソフィアへの慈悲《じひ》を請《こ》うと、殿下の声が苛立《いらだ》ちを帯《お》びる。

「ソフィア、この女が何を言おうとお前が気にかけてやる必要はない。ギレス、立たせろ」

殿下の命に近づく気配、視界の隅に男の足が映った。と思う間もなく、大きな手に腕を掴《つか》まれる。痛みに思わず漏れた呻《うめ》き声《ごえ》は黙殺された。

目の前にギレスの怒りの相貌《そうぼう》がある。必死に抵抗してみるが、彼の手が弛《ゆる》むことはない。無様《ぶざま》に引き上げられた身体が床から浮き上がりそうになる。髪を留めていたバレッタが床に落ちる音がした。それでも、ソフィアに向かって頭を下げることだけは止《や》めない。

「ソフィア様、本当に、申し訳ありませんでした」

「クリスティーナ、貴様！　ギレス、もういい！　さっさと連れていけ！」

殿下の言葉に顔を上げ、私はソフィアの瞳を捉《とら》える。精一杯、哀れを誘うつもりで縋《すが》る視線を向け続けていると、とうとうソフィアが折れた。

「待って！　待って、ギレス！」

「駄目だ、ソフィア。その女を庇《かば》う必要はない」

「でも、アレクシス！　これじゃあ、いくらなんでもクリスティーナさんが可哀想だよ！　ここまでする必要はないでしょう？」

必死に訴える彼女に、殿下の口から大きなため息がこぼれる。殿下の視線がこちらを向く。

「ギレス、離していい」

その一言に、ねじ上げられていた腕が解放され、身体が床に崩れ落ちた。見上げると、憎しみに燃える殿下の視線に見下ろされている。隣に立つソフィアが彼の手を取った。

「ごめんなさい、アレクシス。貴方が私の心配をしてくれてるのは分かってるの。でも……」

言って、彼女の視線がこちらを向く。

「クリスティーナさん、私、どれだけ謝られても、貴女にされたことは忘れられません」

決意を漲《みなぎ》らせて見下ろす瞳に、黙って頭を下げた。

「……でも、それでも、私は貴女を許そうと思います」

「ソフィア、無駄だ。この女はお前を謀《たばか》っている。謝罪など口先だけ、殊勝《しゅしょう》な態度を演じているだけだ。許しを与える必要などない」

制止しようとする殿下の言葉に、ソフィアはユルユルと首を横に振る。

「そうかもしれない。でも、だとしても、私はクリスティーナさんを許すよ。騙《だま》されているんだとしても、これだけ一生懸命謝ってくれたクリスティーナさんのこと、私は信じたいの」

「ソフィア……」

「だって、誰だって間違うことや失敗することってあるでしょう？　それを全部、許さないっていうのは違うんじゃないかなって思うから」

彼女の真っすぐな瞳に、殿下が黙り込んだ。その隙《すき》に、再び頭を下げる。

「ソフィア様、お許しいただきありがとうございます」

「うん。……もう、気にしないでください。正直に言うと、これからも、クリスティーナさんと仲良くなれる気はしないんですけど、でも、こんなふうに謝るのはこれっきりにしてほしいんです」

「はい。ソフィア様の寛大な御心に感謝申し上げます」

下げた頭の上で、殿下の吐き捨てるような声が聞こえた。

「女狐《めぎつね》が。これ以上、貴様の顔など見たくもない。不愉快だ、うせろ」

「御前、失礼いたします」

その言葉を受け、最後に深く頭を垂れてから彼らに背を向けた。

いつの間にか周囲の騒《ざわ》めきが消えている。向けられる奇異なものを見る眼差《まなざ》し、異様な光景に引いている彼らの姿は不快ではあるが、私は満たされていた。注目の中を出口に向かう。

（……殿下の言葉は正しい）

謝罪そのものがパフォーマンスだったとは言わないが、この場を選んだのは故意、自分のためだった。ただ謝罪するだけなら、態々《わざわざ》この場で行う必要などない。敢《あ》えてこの場を選んだのは、衆人の目を欲したからだ。

彼らには、「私がソフィアに許される」瞬間を目撃してもらう必要があった。

（これで、貴《とうと》き血を害した罪は免《まぬが》れる）

今後、ソフィアの血筋が明かされようと、一度許された罪をもって、私が裁かれる心配はない。ソフィアの血が明かされた後なら尚更、彼女が一度口にした言葉を反故《ほご》にすることは難しい。それは、アレクシス殿下も同じだ。

（やっぱり、二人が一緒の時に動いて良かった）

殿下は、衆人の前でソフィアの意思を無視できなかった。説得する間も懐柔《かいじゅう》する間もなく、状況的に彼女の寛大さを否定できずに、結局、許しを認めてしまう。

（おかげで、だいぶ、怒らせたみたいだけれど……）

上位者である殿下の怒りを買うのは得策ではない。

それでも、この場で成すべきことを成せたのは自分だという思いが込み上げる。その結果に安堵《あんど》と、それから、誤魔化《ごまか》しようのない愉悦を感じていた。

◆　◆　◆

食堂で食事を終えた後、ソフィアを教室に送り届け、信の置ける三人を伴《ともな》って学園内の執務室を訪れた。在学中の王族のために用意されたその個室で、心情のまま、置かれた座椅子に乱暴に腰を下ろす。

「クソッ、忌々《いまいま》しい！」

「残念ながら、後手に回ってしまいましたね」

先ほどの一幕を思い返して腹立ちを口にすると、ギレスとユリウスは沈黙したまま、イェルクの声だけが返る。確かに、認めるのは癪《しゃく》に障《さわ》るが、あの女にしてやられた感は否めない。

「あの自尊心の塊《かたまり》が、ああいう行動に出るとは……」

「ええ。クリスティーナ嬢らしからぬ態度でした。殿下に婚約を破棄されたことで、自暴自棄にでもなったのでしょうか？」

イェルクの言葉に考える。

本来なら、卒業式典の場で行うはずだった宣言。クリスティーナの悪行を白日のもとに晒《さら》し、それをもって、あの女に婚約の破棄をつきつける計画だった。

だが、ソフィア自身がその計画に反対した。自身を虐《しいた》げた相手の立場さえ思い遣る心根の美しさに、結局、計画は変更せざるを得なかったのだ。

「あの女に時間を与えたのは失敗だった」

「式典での婚約破棄であれば、間を置かずにクリスティーナ嬢の罪を問えましたからね」

式典での婚約破棄こそ実行しなかったものの、式典後の祝賀会でソフィアの出自を明らかにし、同時に己とソフィアの婚約を発表する。その後に改めて、あの女の「花の王家を害した罪を問う」という筋書き。罪を問うための仕込みは完璧で、女を追《お》い詰《つ》めるだけの材料は揃っていた。

(それで、少なくとも、学園を追い出すことはできたはずだったが)

その後の女の身の振りようについては、ウィンクラー公爵の判断による。だが、おそらくは、こちらの望む結果になっていただろう。ハブリスタントの血を害した罪はそれだけ重い。

(本当に、後は機を待つだけ、それだけだったものを……)

「ソフィアが許した以上、これ以上の追及は難しい、か」

「はい。公表すること自体は可能でしょうが、罪に問えるかとなると、難しいでしょうね」

「クソッ!」

これが、ソフィアの血筋が明らかになった後の謝罪であれば、話は違った。王家の血に頭を下げる女を糾弾するのは容易《たやす》い。しかし、あの女が頭を下げたのは、男爵令嬢でしかないソフィアだ。そして、ソフィア自身がクリスティーナを許した。その事実は変えようがない。

ソフィアの無垢《むく》さに付け込んだ女と、女に謝罪の隙《すき》を与えてしまった自分自身に腹が立つ。

(だが、そもそも、クリスティーナがソフィアに頭を下げるというのが不自然すぎる)

あの女が自らの罪を悔いるなどという殊勝《しゅしょう》さを持ち合わせていないことは、己が一番よく知っている。生じた疑念を、ここまでずっと黙ったままの男に問うた。

「ユリウス、クリスティーナがソフィアに頭を下げた動機は分かるか?」

その問いに一瞬考え込む様子を見せたユリウスだが、すぐに口を開く。

「……ソフィアが花の王家の血筋だというのは、真《まこと》の話なのでしょうか?」

「なっ⁉」

ユリウスが、彼の預かり知らぬはずの事実を口にしたことに動揺する。

まさか、という思い。イェルクとギレス以外には国王である父にしか明かしていないソフィアの秘密を口にされ、返す言葉に詰《つ》まった。

「……殿下のそのご様子ですと、真実で間違いないようですね」

「その話をどこで知った？」

ユリウスを、真実、信ずるに値する男だと評価しているが、彼はウィンクラーの人間だ。事《こと》が成るまでは伝えるつもりのなかった情報を、何故《なぜ》彼が知っているのか。

「父より聞かされました」

ユリウスの返答に呻《うめ》きそうになった。国の守護、ハンネス・ウィンクラー――王家に並び立つ公爵家の当主は、相も変わらず食えない男らしい。最早、空恐ろしさすら感じる。

「ウィンクラー公か。公はいったい、どこでその情報を得たと？」

「聞かされておりません。ですが、クリスティーナも父よりソフィアの血筋を聞かされていた可能性はあるかと」

「ああ、なるほどな」

そういうことかと漸《ようや》く合点《がてん》がいった。確かに、そうであれば、あの場であれだけの醜態《しゅうたい》を晒《さら》してまでクリスティーナがソフィアの許しを乞《こ》うた意味が分かる。

「やはりただの保身か。まったく、面倒な女だ。公爵も余計なことをしてくれる」

国の守護でありながら自身の娘の頭に冠を乗せることに拘《こだわ》り続《つづ》ける男は、娘が生まれると同時にその娘を己の婚約者にねじ込んできた。今、この国で最も権勢を誇るウィンクラー家、その当主である男の目を掻《か》い潜《くぐ》ってクリスティーナとの婚約破棄が成立したのは、同じくウィンクラーであるユリウスの功が大きい。そのユリウスが自身の妹の排斥に動いた動機に、国の将来を憂《うれ》える以外の想いが存在することにも、薄々は気付いている。気付いていて、口にする。

「ソフィアのために……」

己の言葉に、ユリウスが僅《わず》かに反応した。

「彼女のために、せめて、クリスティーナを退学させておきたかったが」

後顧《こうこ》の憂《うれ》いは断《た》っておきたかったと告げると、間髪《かんはつ》容《い》れずにユリウスの返答がある。

「その点に関しては、あまり心配される必要はないでしょう。父はクリスティーナを退学させるつもりでいます」

その言葉に片眉を上げて見せた。

「だが、あの女は、今日ものうのうと私の前に姿を現していたが？」

「はい。どうやら、クリスティーナが抵抗したことで、父が猶予を与えたようです。ですが、来年度の前期試験の結果をもって退学となるでしょう」

確定でないユリウスのあやふやな言葉に、どういうことかと目線で問う。

「考査にて首位を取ることを、クリスティーナは父に厳命されています。それが猶予の条件、満たさねば、即退学となります」

「前期考査か。正直、それでは遅すぎるとも思うが……」

卒業まで居座り続けられるよりは幾《いく》らかマシだ。ただ、気になる点がある。

「あれでも、クリスティーナは王太子妃としての教育を受けている。成果も、それなりに出していたはずだ。公爵の条件を満たす可能性があるのではないか？」

「いえ。それはあり得ません。父は、クリスティーナに見切りをつけております。家にも学園にも手を貸す者がいない状況で、万一にも、クリスティーナが首位を取ることはないでしょう」

「ふん、なるほどな」

満足いく答えに一つ頷《うなず》いて、その先を尋ねた。

「学園を辞めさせた後は？　公爵はクリスティーナをどうするつもりでいる？」

「順当にいけば、他家へ嫁《とつ》ぐことになるかと。具体的な縁組まではまだ決まっておりません」

「……ならば、ミュラー侯爵にでも引き取ってもらえばいい」

脳裏に、何度か顔を合わせたことのある老侯爵の顔が浮かぶ。クリスティーナと出席した数少ない夜会の内で、常に彼女に下卑《げび》た視線を向けていた男。あの男ならば、喜んでクリスティーナを娶《めと》るだろう。酷《ひど》く残忍な気分で笑うと、ある程度、溜飲《りゅういん》が下がった。

己の卒業まであと三日。

全ては成就せずとも、まずまずの成果で巣立つことができそうだ——

◆　◆　◆

（ああ、どうしよう。緊張してきちゃった）

アレクシスの卒業の日。ついさっきまで、昼間に行われた卒業式の余韻にどっぷり浸《つか》っていたけれど、今は、ガチガチに緊張しながら鏡台の前に座っている。

侍女たちに世話をされながら、鏡に映る自分の姿を見つめた。

ピンクがかった金色の髪は結い上げられ、人の手によって施《ほどこ》された化粧は凄《すご》く満足のいく出来映えになっている。文句なしに綺麗だと思うのに、これから自分が向かう場所のことを考えると、途端に自信がなくなる。

前王家の末裔《まつえい》のお披露目と婚約式――

これから先の未来、アレクシスと一緒にいるためにはどちらも必要なことだ。そう分かっていても、大勢の人前に立つと考えただけで、心臓が壊れそうなくらいドキドキしている。

（アレクシスは、『数をこなす内に慣れる』って言ってくれたけれど、でも、緊張する）

深呼吸して目を閉じた。勇気を貰《もら》うために、先ほどのアレクシスの姿を思い描く。

当然のように首席での卒業を決め、式で答辞を読み上げたアレクシス。読まれた答辞は式典用の古語だったため、その全てを聞き取ることはできなかったけれど、彼の凛々《りり》しい立ち姿と紡《つむ》がれる美しい言葉の響きには、涙が出るほど感動した。

それと同時に、「卒業式で断罪をしなくて良かった」と改めて実感する。

（あの厳粛《げんしゅく》な雰囲気の中で断罪なんてしていたら、感動的な場面が全部台なしになっていたもの）

それに、他国から訪れていた来賓の中には、クリスティーナに繋がりのある人物がいた可能性もある。断罪の場から悪役令嬢を救い出す救世主にこちらが追《お》い詰《つ》められる、なんて結末になっていたら、目も当てられない。

(クリスティーナ本人も、思っていた以上に引き際が悪かったしなぁ)

先日の食堂での出来事《イベント》を思い出す。ゲームでは描かれなかったそれ。突如、奇行に走ったクリスティーナの姿は予想外すぎて、恐怖を感じた。

婚約破棄の時期がズレたせいでストーリーに狂いが出たのかもしれない。もし、卒業式であんなことをされていたらと考えただけでゾッとする。

本当は、あの場でクリスティーナのことを許したくはなかったし、今でも、内心ではまったく許せていない。でも、あの状況で、「許す」以外の選択肢なんて取りようがなかった。

そのことを少し後悔しているけれど、今後は彼女と関わり合うこともないだろう。だったら、このまま流してしまったほうが楽に決まっている。

つらつらと考えている内に、気付けばかなりの時間が経ってしまっていたらしい。

「……ソフィア様、お時間でございます」

「あ！　はい、分かりました」

支度を手伝ってくれていた侍女にタイムリミットを告げられ、立ち上がった。

彼女の開けてくれた扉から部屋を出る。部屋から一歩出たところに、騎士科の正装を纏《まと》ったギレスが立っていた。

これから、アレクシスの部屋にエスコートしてくれるギレス。彼に手を差し出され、その手を取った。ギレスのゴツゴツした手に少しだけ力が込められる。

「……美しいな」

「本当？　お世辞でも嬉しい」

「世辞ではない」

ギレスの言葉に嘘がないのは、彼の目を見れば分かる。こちらを見つめる称賛の眼差《まなざ》しに「ありがとう」と返すと、黒の瞳に称賛以外の熱がこもった。不自然でないように、そっと視線を外す。

（ちょっとマズいかな。気を付けないと）

アレクシスとの関係を深める中で、常にアレクシスの傍《そば》にいるギレスとは完全に接触を断つことができなかった。そのせいでギレスの好感度を上げてしまったのは故意ではなかったし、望んでもいない。彼に恋愛感情を持たれたいなんて、考えたこともなかった。

（二股やハーレムエンドなんて、地雷でしかないもの）

だからといって、態《わざ》とギレスに嫌われる選択をできなかった。大勢から敵意を向けられる中で、自分を守ってくれる味方を一人でも失うわけにはいかなかったのだ。

（うん。でも、きっと大丈夫。ギレスのイベントは一つも進めていない。多少、仲が良いくらいでは、問題にならないはず）

アレクシスの忠実な騎士であるギレスが、主《あるじ》を裏切ってまで私に想いを伝えることはない。彼が私に想いを告げるのは、彼がアレクシスより私を選んだ時――トゥルーエンドの時だけ。

だから、私は気付かない振りをするだけでいい。

「よろしくね　ギレス。アレクシスのところに連れていってくれる？」

「……ああ」

ギレスの表情が少し曇《くも》る。そのことに微《かす》かに心が痛んだけれど、彼に導かれた先、アレクシスの控え室の扉を開けた瞬間に、全てが吹き飛んだ。

「うわぁっ、凄《すご》い！　アレクシス、凄《すご》く素敵！」

目の前に、本物の王子様が立っていた。儀式用の盛装を纏《まと》ったアレクシスの、トゥルーエンドスチルをそのまま三次元にしたような完璧な姿に、さっきまでとは違う意味でドキドキが止まらない。

「ソフィア。お前のほうこそ綺麗だ」

その王子様が、キラキラしたアレクシスが、私だけに微笑《ほほえ》んでいる。

「行こうか、ソフィア？　皆がお前を待っている」

彼の言葉に頷《うなず》いて、差し出された手を取った。見下ろす優しい眼差《まなざ》しと見つめ合う。

（私、本当に、この人の、アレクシスの隣に立てるんだ……）

その奇跡がまだ上手《うま》く実感できない。ただ、この手を離したくないから、彼と並んで歩き出す。

近づく大広間の扉、押し開かれていく扉の向こうにたくさんの人の視線が見えた。怖い、逃げ出したい。だけど、何でもない振りをして笑う。

大好きな人と一緒にいられる未来のために――

第二章　あがく日々

殿下たちが学園を卒業し、最終学年に上がった新学期。

持ち上がりの淑女科クラスには、代わり映えのしない顔ばかりが並ぶ。そんな中で、彼女たちの私に対する態度だけは大きく変化した。こちらに阿《おもね》るでも、嫌がらせをするでもなく、今はただひたすら遠巻きにされている。

どうやら、ソフィアとの一件で、「何をしでかすか分からない危ない奴」との評価を受けているらしい。いない者として扱われはするが、テレーゼたちからの嫌がらせもなくなった。寮や教室での日常は随分と改善している。

ただ、全ての厄介事《やっかいごと》がなくなったわけではない。

「……おや？　クリスティーナ嬢じゃないか。随分と貧相にお成りだ」

勉強のため図書館へ移動する途中、男たち数名に囲まれた。全身を舐《な》めるような視線で見るのは、ソフィアと同じクラスの魔術科の三年生だ。

魔術科の生徒はその殆《ほとん》どが貴族階級に属し、総じて階級意識が強い。そのせいで、かつては、殿下の傍《そば》に侍《はべ》るソフィアを疎《うと》んじる者が大半だった。

そして、今の彼らの攻撃の矛先《ほこさき》は私に向いている。

「服も化粧も、とても貴族令嬢のものとは思えませんね。しおらしい女でも演じているつもりでしょうか？」

「そうしておけば、貴女がソフィア様に行った非道が帳消しになるとでも？」

「ソフィア様がお許しになったとしても、真実、お前の罪が許されたことにはならんからな」

ソフィアの血筋が卒業式典後の祝賀会で公表されたことによって、彼らの態度はガラリと変わった。それは殿下との婚約が同時に発表されたからでもある。

発表直後から、ソフィアの周囲には人が増え、今までソフィアを害していた立場の人間たちが、必死に彼女にすり寄ろうとしている。そうした輩《やから》の中にはソフィアへのご機嫌取り代わりに私に絡《から》んでくる者がいて、非常に鬱陶《うっとう》しい。

（この人たちの場合は、彼女の名前を使って弱者を虐《しいた》げたいだけかもしれないけれど）

絡《から》んでくる男たちには見覚えがあった。嫌でも顔を覚えてしまうくらいには、嫌がらせを受けている。

男たちを観察しながら沈黙を守っていると、立腹したらしい男たちに肩を小突かれた。

「すかした女だな。いけ好かない」

「弁解くらいしてみせたらどうなんです？」

身体がふらつくくらいに強く押されて痛みを感じる。暴力に発展しそうな気配に口を開いた。

「貴方方がソフィア様のために動いているつもりなら、まったくのお門違いよ。私がアレクシス殿下の婚約者を下ろされた理由をご存じないの？」

こちらの言葉に顔を見合わせた男たちの内、一番背が高く、口の悪い男が答える。

「お前が殿下の不興を買い、愛想をつかされたからだろう？」

「どんな不興を買ったかはご存じないの？」

「はっ、そんなもの！　ソフィア様を虐《しいた》げたからだろうが！」

「ええ、まあ、簡単に言えば、そうね」

声を荒らげた男に頷《うなず》く。だが、彼の答えは完全な正確とはいえない。

「私は、直接ソフィア様に手を出したことは一度もないの。それでも、私が責を問われたのは、『私のために動いた者たちを止められなかった』から。それが理由よ」

こちらの説明に、理解が及ばない様子の男たちに言葉を重ねる。

「聡明《そうめい》な皆様方ならお分かりでしょう？　仮に、貴方方がソフィア様のために私に手を出せば、それら全てがソフィア様の責になる。ソフィア様がそれを望むとでも？」

「ふん、戯言《ざれごと》を。ソフィア様には殿下のご寵愛《ちょうあい》がある。殿下に望まれて婚約されたのだ。貴様とは違う」

男——確か、魔術の大家リンガール子爵家の三男の言葉に、内心、「確かに」と頷《うなず》く。それを認める代わりに、分かりやすいであろう別の忠告を口にした。

「お忘れかもしれませんが、私はこれでもウィンクラーの娘、公爵家の人間です」

「ふん、勘当寸前、離籍が決まっている立場だろう？」

男の言葉に、思わず眉間《みけん》に皺《しわ》が寄った。確定でない噂話を鵜呑《うの》みにした嘲《あざけ》りに、不快を隠せない。

「今のところ、私が離籍される予定はありません」

「そんな嘘が通用すると思うのか？」

「嘘ではありません。その証拠に、私は学園に通い続けているでしょう？　娘扱いはされずとも、私はまだウィンクラーの庇護下《ひごか》にあります」

私の言葉に、男たちの間に動揺が走るのが分かる。明らかにこの場を去りたそうにする者も現れたが、リンガール子爵の息子は後に引けなくなったのだろう。更に一歩、距離を縮めた。そして、威圧するようにこちらを見下ろしてくる。

「だとして、娘でもない者がどうなろうが、ウィンクラー家は気にもしないだろう？」

「本気で言っているのかしら？　ハンネス・ウィンクラーが公爵家のものに手を出されて本気で黙っているとでも？」

男に対する怒りから揶揄《やゆ》を込めてそう言うと、男が黙った。

「最後の忠告よ。たとえそれが下働きの使用人であろうと、邸の隅に置かれた家具であろうと、公爵家のものに手を出されて黙っている父ではないわ」

牽制《けんせい》のための脅《おど》しに、男の背後の仲間たちが焦《あせ》りを見せる。

「おい、カイル。マズイんじゃないか？」

「チッ！」

不利を悟ったのか、男が大きく舌打ちした。と同時に、もう一度、肩を押される。今度は力一杯に押されたため、勢いを殺しきれずに倒れ込む。咄嗟《とっさ》に地についた手に痛みが走った。

「おや、すまない。貴女の話に動揺してしまったようだ。ご忠告痛み入るよ、クリスティーナ嬢」

言い捨てて、男が背を向けた。仲間を連れて去っていく長身を見送り、立ち上がる。痛みが走った手に視線を向けると、掌《てのひら》に幾筋《いくすじ》か赤い線が滲《にじ》んでいた。

（……大丈夫、大丈夫よ）

この程度、傷の内にも入らない。すぐに治る、消せる傷なんて、何の問題にもなりはしない。


思わぬ出来事に時間を取られてしまったが、目的地である図書館に着くと、漸《よう》く平穏が訪れた。

こちらの存在を認識して不快げに図書館を出ていく者もいるが、基本が学びの場、各々の世界にいる者たちはクリスティーナ・ウィンクラーの存在を気にもかけない。彼らと同じく、周囲から隔《かく》絶《ぜつ》された世界に浸《ひた》るため、図書館の奥まった場所にある机に勉強スペースを確保した。

そこからはひたすら、一般教養三科目に、語学と魔術を併《あわ》せた計五科目の予習復習と試験勉強を繰り返す。

淑女科の科目は妃教育で学ぶことと重なる部分が多いおかげで、あまり苦労することはない。語学に関しては特に、物心つく前から叩き込まれていることもあり、学園の考査程度であれば試験対策を行う必要もなかった。

（これぱっかりは、父と王家に感謝しなくてはね）

ただ、問題は魔術だった。

淑女科では、魔術の考査に演習は含まれず、筆記試験のみが行われる。純粋に知識を問われるだけなので、試験自体は今からの対策次第でどうにかなるにはなる。

だが、それだけでは首席卒業はできない。

(ソフィアとパウルがいる以上、卒業演習に出ずに首席をとるのは、ほぼほぼ不可能……)

後期考査では筆記に加えて、卒業演習という名の御前試合が行われる。昨年は、試合の優勝者であるギレスではなく総合成績でアレクシス殿下が首席をとったが、それは、殿下が準優勝という好成績を修めたからにすぎない。例年、淑女科は免除されるその試合に出ずして、今期の首席卒業はまずあり得なかった。

(今から魔術や剣術を鍛《きた》えるとなると、時間が足りない……)

しかも、ただ習得するだけではなく、戦えるレベルにまでならなければならないのだ。

気の遠くなるような話。だが、それが父の前で自身に課した課題だ。達成しなければ、その時こそ、父は容赦《ようしゃ》なく私を切り捨てるだろう。

(そんなことになれば、いったい、どんな魔窟へ放り込まれることになるのやら)

想像して落ち込みそうになる気持ちを、何とか奮い立たせる。

より上位に食い込むために現実的なのは、魔術を習得することだろう。今更、一から剣を振るうなど想像もつかない。形になる前に卒業することになりそうだ。だから、より馴染《なじ》みのあるほう、魔術を鍛《きた》えるほうがまだ望みはある。

魔力は、血に宿る——

建国より続くウィンクラーの者はおしなべて魔力が高い。氷魔法を自在に使いこなす父や兄と同様、私自身も魔力の保有量はそれなりにある。ただ、それを攻撃魔法として発動する訓練をまったく受けてこなかったので、できることと言えば魔力制御くらいしかない。

他者より魔力保有量が多い分、繊細《せんさい》な操作を伴《ともな》う制御には苦労したが、殿下の婚約者として、万が一にも王家の方々を傷つけるわけにはいかないと、徹底的に身につけるよう強《し》いられてきた。

(それももう、必要なくなってしまったけれど……)

こんなことならば、攻撃魔法の一つでも仕込んでおいてもらうべきだった。今から学ぶ攻撃魔法で、ソフィアやパウルにどれだけ迫れるか。実際のところ、他の騎士科や魔術科の生徒たちに及ぶかどうかさえ怪しい。

(だとしたら、魔力制御、魔力操作を発展させる形で実践向きの使い方を探す？)

思いついた考えに、ペンを動かしていた手を止める。

(……付与魔術、身体強化、もしくは呪《のろ》い？)

いくつか浮かんだ単語から、形にできそうなものがないかを調べるために席を立った。

幸いにして、ここは図書館、知識を深めるには最適な場所だ。魔力操作に関する本が置かれた一角から本探しを開始する。

(呪《のろ》い、は流石《さすが》に駄目、よね？)

そんな魔術で御前試合に挑《いど》んだという話は聞いたことがない。仮に成功したところで、その後がかなり面倒なことになりそうだ。未熟な呪《のろ》いは、自身でかけたものさえ解呪《かいじゅ》できなくなる。

魔力操作に関する本を中心に、目についた本を手に取っては流し読みし、次の本に移る。その作業をいくつか繰り返したところで、視界の端《はし》で奇妙な光景を捉《とら》えた。

（あれは何をしてるの？）

おそらく下級生と思われる女子生徒が、一つの本棚の前で屈伸を繰り返している。思わず観察すると、どうやら屈伸ではなくジャンプをしようとしているらしい。小柄な彼女では届かない高さの本に必死に手を伸ばしているが、跳躍力がないため、屈伸しているようにしか見えなかったのだ。

その光景に呆《あき》れながら周囲を見回してみたが、助けに現れそうな人影はない。仕方なく、女生徒に近づいて声をかけた。

「そちらに踏み台がありますよ」

「えっ⁉」

こちらの気配にまったく気付いていなかったのか、或《ある》いは、声をかけたのが「私」だったからなのか、驚いた顔でこちらを見つめてくる女生徒と視線が合う。

「届かないんでしょう？　使ったらどう？」

「あっ、本当だ！　あんなところに」

女生徒が本棚の奥に置かれている木製の踏み台を認識したところで、彼女に背を向ける。さっさとその場を離れようとすると、背後から声が聞こえた。

「あの、ありがとうございます！」

「……いえ」

図書館内ということを考えると、少々大きすぎる声で礼を言われる。何の含みも衒《てら》いもない言葉に、どうやら彼女はこちらの正体に気付いていないらしいと判断する。

これ以上関わるつもりはないので本探しの作業に戻ったが、何故《なぜ》かずっと少女の気配を近くに感じた。

視界の端《はし》をうろつく彼女の物言いたげな視線。悪意がないことは分かるのだが、微妙に居心地が悪い。

結局、視線には気付かぬ振りで、その場を後にした。

◇◇◇

図書館での資料探しの後、何をするにも、まずは魔術を実際に試してみるしかないという結論に至った。

ただし、王立学園内は、許可のない魔術行使が禁じられている。使用が許されるのは、授業などで教師の監督下にある場合と、特定の場所での訓練、演習時のみ。魔術防壁を幾重《いくえ》にも施《ほどこ》してある魔術演習場であれば魔術の練習を行えるが、その使用にも教師の許可がいる。

「あー、駄目だ、駄目。許可は出せない」

悩んだ末、魔術科の主任教師で、ソフィアやパウルの担任でもあるオズワルド・ボルツの教官室を訪れ、演習場の使用許可を求めた。が、けんもほろろに断られる。

「許可をいただけない理由をお伺いしてもよろしいですか?」

「魔術演習場は魔術科以外の人間は使用できない決まりだからなぁ」

椅子に座ったままこちらを見もしないオズワルドは、癖のある茶色の髪をガシガシと掻《か》いて言う。

「……昨年は、アレクシス殿下とギレス様のお二人が使用されていたと記憶していますが？」

「あー、あれはまぁ、特別ってか、殿下は魔術を併用した戦い方をするだろ？　騎士科の演習場じゃ対応できないってんで使わせてたが、あんなんは例外だ例外」

「私では、同じ待遇を望めないということでしょうか？」

そこまで言ったところで、漸《ようや》くオズワルドがこちらに視線を向けた。

「当たり前だ。大体、殿下やギレスは前から訓練を受けてんだぞ？　俺自身、あの二人の力を認めてる。何の実績もない淑女科の人間に貸すのとはわけが違う」

厳しい表情、有無を言わさぬ調子でそう言われると、もう何も言えない。公爵家の威光も何もない今、私に、規則から外れろと他者に強《し》いる力はなかった。

（いえ、そもそも、この人が公爵家の力に屈することはないか）

オズワルドは平民上がりではあるが、自身の魔術の才だけで既《すで》に男爵位を得ている。その実力故《ゆえ》に、王家であろうと彼の学園内での立場を揺るがすことは難しい。王立とはいえ、建国時よりある学園の歴史は現王家より古く、実際に学園を運営しているのは学園長であるウルブルの系譜だ。

だから、目の前の男には余裕があった。

（使用許可のための実績なんて、今すぐに用意できるわけないじゃない）

前期考査には確実に間に合わないであろうし、彼の態度から、淑女科の担任を介して交渉してもらうこともできそうにない。

色々と考えてみるが、この場では結論が出せそうになかった。今は引くしかないと判断して、男に頭を下げる。礼と退出の言葉を述べて背を向けたところで、背後から低い声が聞こえた。

「お前、何を企《たくら》んでる？」

剣呑《けんのん》な声の響きに驚いて振り向くが、暗い、刺すような視線を向けられて言葉が出てこない。

「まさかとは思うが、まぁた、ソフィア・アーメントに何かしでかすつもりじゃないだろうな？　許さねぇからな」

「私は、そんなつもりは……」

「お前が何を企《たくら》んでんのかは知らねぇが、俺がお前に手ぇ貸すような真似するはずがないだろ？」

嘲笑《あざわら》われるが、咄嗟《とっさ》に何も言い返せない。

「まぁ、理由が何であれ、お前みたいな素行不良な人間に使わせられるものなんて何もないってことだ。諦めろ」

その言葉に、やはり彼もなのかと、改めて男を見る。余裕な態度とは裏腹に、私に向けられる翡《ひ》翠《すい》の眼差《まなざ》しは鋭い。こぼれそうになるため息を呑み込んだ。

オズワルド・ボルツ。彼もまた、乙女ゲーム『蒼穹の輪舞』の攻略対象者の一人だった。学園内で彼とソフィアの仲が噂になるようなことはなかったので、彼らが恋愛関係にあるとは思わない。けれど、同じ平民出身で魔術の素養に富むソフィアのことを、オズワルドが生徒として気に入っていても何ら不思議ではない。それでなくとも、自らの経験から弱者を虐《しいた》げる行為を毛嫌いしているオズワルドのこと、彼女を貶《おとし》めた私を嫌っている可能性は十分にあった。

（考えが甘かったみたいね……）

私がソフィアを「虐《しいた》げていた」期間、学園側は私たちの問題に不干渉《ふかんしょう》だった。アレクシス殿下との間には何らかのやり取りがあったのかもしれないが、当時、オズワルドは完全に沈黙を貫《つらぬ》いていた。

それが、ここに来てこの態度。

直接の行動がないからといって彼に敵意がないということにならないのだと、漸《ようや》く思い至る。自身の行いのせいとはいえ、絶望的な状況を前に叫び出したくなった。

（そんなの私怨じゃない!?　教師なら、生徒の邪魔なんてしないでよ！）

ただ、その言葉が彼に通じるはずもないと分かっているので、口にせずに呑み込む。

「……先生の仰《おっしゃ》りたいことは分かりました。ですが、これだけは言わせていただきます。今後、私がソフィア様に手出しすることは絶対にありません」

私の言葉に片眉を上げるだけで応《こた》えた男に、言葉を重ねる。

「今はご納得いただけずとも結構です。今後の、私の行動で判断してください」

黙ったままの男にもう一度頭を下げ、そのまま教官室を退出する。今度は呼び止められることはなかった。詰《つ》めていた息を吐き出す。

結局、そういうことなのだ――

父然《しか》り、教師然《しか》り。今の私の言葉を信ずる者など誰もいない。

それが、私自身の行いの報《むく》い。罪を認め、頭を下げたところで終わりにはならない。私は変わったのだと、二度と愚かな罪を犯すことはないと、そう認めてもらうためには、行動し、結果を残すしか道はなかった。

（きついなぁ……）

それでも、やるしかない。一度失った信を取り戻すためには、立ち止まっている暇《ひま》はなかった。

オズワルドに演習場の使用を拒否された後、結局、図書館通いを続ける以上のことはできていなかった。どうにかして魔術の練習をしなければならないと分かっていても、具体的な方法が見つからずに、気持ちばかりが焦《あせ》る。

そんな状況にあったからだろうか、隙《すき》のようなものが生まれていたのかもしれない。

淑女科のある棟から図書館へ向かう途中、中庭の横の回廊を歩いていたところで、いきなり背後から拘束された。

「なっ⁉　誰⁉」

「……動くな。静かにしていろ」

大きな手で口を塞《ふさ》がれて身動きできず、声も出せない状態で、目線だけで周囲を確かめる。

「よし。そのまま手を離すなよ」

「ああ、大丈夫だ」

「急げ、奥に連れていけ」

背後、視界の外で交わされる複数の男たちの会話に血の気《ちけ》が引いていく。

「大丈夫だ。誰も見ていない」

「さっさとやってしまうぞ。誰にも告げ口などできんよう、徹底的にな」

男の言葉に、自分が何をされそうになっているのかを知り、必死にもがいた。

人気《ひとけ》の少ない場所とはいえ、皆無《かいむ》ではない。そんな場所で白昼堂々と襲われるなんて。慢心、ではないが、油断していたのだ。自身へ向けられる悪意というものを正しく理解していなかった。己の甘さに歯噛《はが》みする。

「その木の陰に引きずり込め、多少、怪我させようが構わん」

「おい、大人しくしろと言っただろう?」

「怪我したくなけりゃ、暴れんな」

(嫌よ！　絶対に、嫌！)

怪我するくらい何だというのだ。

精一杯の抵抗で暴れるが、男の力には敵わず、ズルズルと植栽の陰に引きずり込まれる。

「キャアッ！」

そのまま、地面に投げ倒された。

地面に転がった状態で四肢を解放されて、漸《よう》く男たちを振り向く。

「貴方たち、何を考えているの⁉」

「チッ、暴れやがって。大人しくしろと言っただろう?」

「手間を取らせるなよ」

聞き覚えのある声にもしやとは思っていたが、それが本当に見知った顔だとは。

自身を襲ったのは、つい数日前にも絡《から》んできた魔術科の三人。中心にいるのは間違いなく、リンガール子爵家の令息だ。

震えそうになる手を強く握る。視線を逸《そ》らさずに男たちを睨《にら》んだ。

「先日、忠告したばかりでしょう？　こんなことをして、ただで済むと思っているの？」

「ふん。覚えているさ。覚えているからこそ、徹底的にやることにしたんだよ」

男の顔に醜《みにく》い笑いが浮かんだ。その横で、似たような笑みを浮かべる痩身《そうしん》の男が口を開く。

「いくら公爵家とはいえ、公表できない事実があれば、引かざるを得ないでしょうからね」

「ああ。そもそも今からここで起こることを、お前が公爵に明かすとも思えんが。告げれば、公爵家は傷物の令嬢など切り捨ててしまうだろうからな」

「ハハッ！　違いない！」

男たちの下卑《げび》た笑い、私が口を閉ざすと確信した上での卑劣な暴挙に、恐怖と怒りで全身が震える。

「まぁ、お前が大人しくしてさえいれば、俺たちの口から告げることはしない。お前も、こんなところを誰にも見られたくはないだろう？」

（ふざけないでっ！）

学園内なのに人気《ひとけ》のない場所で男三人に囲まれ、先ほど暴れたせいで服装も乱れている。悔しいが、男たちの言う通り、見られてはマズい状況であることは確かだ。

それでも、思考だけは動かし続ける。最悪な状況の中で、一番マシな逃げ道を探す。

(大丈夫、絶対に大丈夫……)

言い聞かせながら、一つだけ確かなことがあると気付いた。

彼らに、私を殺す気はない。弱者をいたぶるだけが能の男たちに、そこまでの覚悟なんてない。

だったら、選択肢は決まっている。

大きく息を吸う。彼らが悟るその前に、思い切り叫んだ——

「ツキャァアアアアアアアーーーー!」

「なっ!? 静かにしろ! 貴様、何を考えている! 正気か!?」

「おい、マズいぞ! さっさと黙らせろ!」

「クソッ! 止《や》めろ!」

伸ばされた手に力の限り抵抗しながら叫び続ける。誰かの拳《こぶし》で顔を殴られた。追撃を避けて身体を丸める。丸まった背中を蹴られるが、叫ぶのだけは止《や》めない。

「クソったれが!」

「信じられん! 公爵令嬢ともあろうものが!」

「お前、自分が何をしているのか分かっているのか!?」

男たちの焦《あせ》る声に、僅《わず》かに勇気を得る。

これは抵抗だ。この無様《ぶざま》な戦い方が、今の私にできるたった一つの方法だった。

公爵令嬢としての名誉を失うことより、おぞましい男たちの行為に自分の心を失うほうが怖い。

それに何より、こんな奴らの思い通りになることが許せなかった。

だから、何度でも息を継ぎ、叫び続ける。誰かが気付いてくれるまで、誰かにこの声が届くまで。

果たして、私の叫びは、確かに届いた――

◆　◆　◆

「おい。お前ら、こんなところで何してる」

「ボ、ボルツ先生⁉　いや、あの、これは……」

女の悲鳴、それが聞こえた気がして駆けつけてみると、見なければ良かったとしか思えない光景に遭遇した。だが、目にしてしまった以上は、なかったことにはできない。

「お前ら、これは、どういうことだ？」

「ち、違うんです、先生。俺たちは、ただ……！」

要領を得ない男の返答に、盛大に舌打ちする。怯《おび》えた男どもは沈黙するが、聞かずとも見れば分かる。

力で勝る男三人が、女一人を襲っていた。間違いなく最低な状況に、それでも、男どもを一方的に糾弾できない自分がいる。

襲われていた女が、クリスティーナ・ウィンクラーだったから――

(何で、俺がこいつを助けるみたいになってんだよ。こいつは、散々ソフィアを……)

思い浮かぶのは、こちらを真っすぐに見つめる碧《あお》い瞳。いつの頃からだろうか。己が受け持ちの魔術科クラスの生徒の一人、ソフィア・アーメントに好意を抱くようになったのは。

最初は、ただの教師としての感情だった。熱心な生徒に対するちょっとした好意。気に入っている、それくらいの気持ちだったはず。それが、気付けば想いは勝手に育ち、いつしかソフィアを一人の女として見るようになっていた。

許されない感情。分かっていたからこそ、告げるつもりはなかった。ただ、教師として彼女を教え導くだけ。

そう決めた心を激しく揺さぶったのが、目の前の女、今は惨《みじ》めに地面に這《は》いつくばっているクリスティーナ・ウィンクラーだ。

「お前たち、どうしてこんな真似をした?」

「これは、俺たちはただ、ソフィア様を……」

愚かな行いをした男がソフィアの名を口にしたことに腹が立つ。と同時、彼らの気持ちが少しだけ理解できた。

入学当初こそ、魔術科の生徒の殆《ほとん》どが平民出身のソフィアを疎《うと》んじていたが、二年間も机を並べて勉学に励《はげ》めば、多くの者が彼女の存在を認めるようになっていく。今、己に追《お》い詰《つ》められて顔色を失う三人も同じ。当初の軋轢《あつれき》から彼女と親しく付き合うことはないものの、ソフィアの実力を早々に認めていた者たちだ。だからこそ、ソフィアを虐《しいた》げたクリスティーナに恨みを抱いたのだろう。

(俺だって、人のことばっか責めらんねぇしな)

女を襲うなんて真似は死んでもしない。が、ソフィアを守るために、クリスティーナを排除しようと考えたことは何度もあった。

実際、アレクシス殿下に止められてさえいなければ、早々に実行に移していただろう。クリスティーナの行いに涙するソフィアを自分の手で守る。そして、そうなっていれば、きっと告げずにはいられなかったはずだ。己のこの想いも。

(クソッ、本っ当に最悪だ)

守りたかった相手は、既《すで》に王家という名の巨大な庇護《ひご》の下。だというのに、己は守りたくもない相手を守らねばならない立場にある。

業腹《ごうはら》だ。全ての元凶である女への憎悪が溢《あふ》れて止まらない。

だから、女へ一つの問いを口にした。

「クリスティーナ。お前、こいつらをどうしたい?」

「……どう、とは?」

「制裁だよ、制裁。学園辞めさせるか、警吏に突き出すか。まぁ、後はウィンクラーのほうでどうにかするかだな」

地面に座り込んだまま表情のない女の顔が、男たち三人に向けられる。完全に血《ち》の気《け》の引いた男たちの顔を順繰りに眺めたところで、クリスティーナが小さく口にした。

「制裁は望みません」

「なんだよ。無罪放免にしちまっていいのか？」

「はい。今回の件を全てなかったことにできるのでしたら、私はそれで構いません」

女の答えに、内心の満足をひた隠し「ふーん」と気のない返事をする。

クリスティーナの答えは己の望んだもの。彼女がそうとしか答えられないと分かった上で、選択権を委《ゆだ》ねた。この結果は彼女自身の意向だという体裁《ていさい》を整え、己は男たちの処罰を放棄する。

「……てことだそうだ。お前ら、命拾いしたな？」

「ボルツ先生、ありがとうございます！　あの、俺、俺たちは！」

「うるせぇ、黙れ。お前らの言い訳なんざ、聞きたくもねぇよ」

元凶がクリスティーナであろうと、目の前の男たちの行動が不快なことに変わりはない。

「礼も要《い》らねぇ。お前らを庇《かば》ったわけじゃねぇからな。取《と》り敢《あ》えず、俺の前から消えろ」

「そんなっ⁉」

「……二度目はない。覚えとけ」

最後の一言を、こちらの本気が分かるように魔力を込めた圧で押す。それが伝わったのだろう、男たちは弾かれたように背を向けて駆け出した。その背を見送って、渋々、教師としての仮面を被り直す。

「おい、立てるか？」

己の問いに、黙って一人で立ち上がった女を眺める。着崩れた服を自分で直し、汚れを払う女。

その手に、どこかに引っ掛けでもしたのか赤い筋が走るのを見つけて、小さく舌打ちする。

「お前、その手」

「え？　ああ、かすり傷です。ご心配なく」

駆けつけた時の状況から、女がそういった意味での被害を受けていないことは分かっていた。だが、それにしても、貴族の令嬢、しかも、クリスティーナのような女が、自身の肌を傷つけられて平然としていることに違和感を覚える。

（ったく、何考えてやがんだ、こいつは）

真意を探《さぐ》ろうとして、正面から女の顔を観察する。途端、先ほどまで死角になっていた女の頬が赤く腫《は》れていることに気付いた。

「お前、それ、顔……」

「ああ。そういえばそうでした。流石《さすが》に、こちらはマズいかもしれません。痣《あざ》にでもなったら、化粧で隠せるかどうか」

女の頬は、既《すで》に誤魔化《ごまか》しきれぬほどの赤味を帯《お》びている。経験上、更に腫《は》れるであろうことが予想される怪我に、それを成した男たちへの怒りが再燃する。

「クソッ。俺は、治癒系は専門じゃねぇんだよ」

言って、女の顔に手を伸ばす。大人しくされるがままの女の頬に手を添えた。

「上手《うま》くやれる自信はねぇからな？　痛むだろうが、文句は受けつけねぇ」

己の言葉に小さく頷《うなず》いた女、その頬に触れた手から魔力を流し込む。女の顔から赤味が引いていった。完全に赤味が引いたところで顔から手を離し、ついでに、女の手の傷も治療しておく。

「……ありがとうございました」

「勘違いするな。これはお前のためじゃない」

吐き捨てた言葉は本心だ。

「俺は、俺のためにやったんだ。寝覚めの悪い思いはしたくないからな」

「だとしても、ボルツ先生には感謝いたします」

「止《や》めろっつってんだろ。大体、お前がこんな目に遭《あ》ってんのは、お前がソフィアにしたことの報《むく》いだからな？　自業自得ってやつだ。俺はそれを許しちゃいねぇ」

「はい、承知しています」

拒絶の言葉に素直に頷《うなず》いた女に、反吐《へど》が出そうになる。憎悪も後悔も見当たらない凪《な》いだ瞳で見上げられ、己の内に澱《よど》む感情がドロリと溶け出すのを感じた。

「気を付けろよ？　お前に敵意持ってる奴なんざ、その辺にゴロゴロしてる。また同じような目に遭《あ》うかもしれねぇからな？」

黙った女に、追い打ちをかける。

「次は、誰も助けに来ねぇんじゃねぇか？　お前、嫌われてるもんな」

悪意を口にして嗤《わら》う。女の反応はなかったが、吐き出した感情に満足して背を向けた。歩き出したところで、背後から声が聞こえる。

「ボルツ先生。私、自分に対する好意など端《はな》から期待しておりません」

背中で聞く、凛《りん》として耳に残る女の声。

「ですから、与えられた善意には心から感謝しようと思います。ありがとうございました」

(クソッ！　礼なんざ言うんじゃねぇ)

不要だと言っているのに。理解しない女の言葉に、澱《よど》みがまた深くなる。振り返らずにその場を後にした。

◇　◇　◇

魔術科の男子生徒に襲われた日以降、私の周囲は静かになった。

教室移動の際に彼らと遭遇することもなくなり、遠目にその姿を捉《とら》えても、彼らがこちらへ近づいてくることはない。

それが、オズワルドの脅《おど》しの効果なのか、或《ある》いは、次の機会を狙っているだけなのか。今はまだ判断がつきかねるので油断だけはしないようにしている。同じ幸運は二度も訪れないだろう。

(あの時、オズワルドが来てくれて本当に良かった)

危機を救われただけではない。現れたのがオズワルドだったことも幸運だ。

男たちの脅《おど》し文句ではないが、仮にオズワルド以外に発見されていれば、私自身の醜聞《しゅうぶん》は避けようがなかった。事件をもみ消すという選択を許し、それを成すだけの力があるオズワルドだったからこそ脱した窮地《きゅうち》。彼自身は不本意だったようだが、私の感謝は文字通り心からのものだ。

（ただ、やっぱり、魔術の練習場所は他で確保しないといけないみたい）

オズワルドには今まで以上に疎《うと》まれているだろうし、そもそも、あの男たちのテリトリーである魔術科の演習場にのこのこ姿を現すわけにもいかない。結局、今の自分にできるのは、相も変わらず座学のみだった。

図書館最奥の定位置、人気《ひとけ》の殆《ほとん》どないその場所で教科書を広げる。今日習った魔術の内容を浚《さら》いながら実現可能そうな攻撃魔術を想像してみるが、どれも「時間が足りない」という結論に行きつく。

何度目か分からない失望を覚え、気持ちを切り替えるために他の科目に移ろうとしたところで、こちらへ近づいてくる足音が聞こえた。顔を上げると、机のすぐそばまで近寄ってきた女子生徒がこちらを見下ろしている。その背後には、付き従うように男子生徒が一人立っていた。

「あの！」

図書館だということを考えるとギリギリ許されるかどうかというくらいの大きさの声。その声の大きさにも、彼女自身にも覚えがあった。

少しクセのある茶色の髪をフワリと揺らし、緊張した面持《おもも》ちで碧《あお》い瞳を真っすぐに向けてくる少女。彼女には、先日、踏み台の場所を教えたばかりだ。

彼女の後ろでこちらを見据《みす》える短い黒髪の男子生徒に見覚えはなかったが、彼からは好意的とはいえない探《さぐ》るような黒い瞳を向けられている。

口を開く様子のない少年から視線を外し、最初の一言だけで黙り込んだ女子生徒に視線を戻す。

「私に何か用があるのかしら？」

「あ！　えっと、あの、私、先週、先輩にここで助けていただいて！」

「ええ、覚えているわ」

彼女の言葉に頷《うなず》くと、少女は笑顔になった。しかし、緊張のためか、一瞬で笑みを引っ込め、顔を真っ赤に染めて、たどたどしくそれでも懸命に言葉を紡《つむ》ぐ。

「覚えていてくださって良かったです！　あ、それで、あの、あの時は、私、まともにお礼も言えなかったので、それで、その、今日、改めてお礼を言いたくてお声がけを……」

「お礼？」

確か、拙《つたな》い所作ではあったが、あの場で彼女は礼を口にしていた。感謝は既《すで》に受け取ったという認識だったため、そんなことを気にしていたのかと驚く。

「別に、改めての礼なんて必要ないわ。あの時のお礼で十分よ」

「あ、ありがとうございます！」

断ったつもりが、再び礼を言われた。最早、何に対する感謝なのかも分からない礼を嬉しそうに口にする少女。その屈託《くったく》のなさに、あの時にも浮かんだ推測が再び脳裏をよぎる。

（この子、やっぱり私が誰だか分かってないみたい）

ならば尚更、これ以上関わり合いにならないほうが互いのためだろう。話を切り上げて机の上に視線を戻すと、少女の慌てたような声が降ってきた。

「あ！　それで、あの、先輩！　私、勉強で分からないところがあるんです！　良かったら、教えてもらえませんか!?」

「……貴女、新入生？」

「はい、そうです！　四月より学園に通っております！」

少女の返事に、その顔を改めて眺める。彼女とは学園外で会った記憶もないため、おそらく下位貴族出身なのだろう。私を、クリスティーナ・ウィンクラーと知らないからこその屈託《くったく》のなさ。無防備に接してくる彼女に、罪悪感と煩《わずら》わしさを感じて小さく嘆息《たんそく》する。

「初めまして、私は淑女科三年のクリスティーナ・ウィンクラーよ」

「え!?」

学園内での所属と名を明かすと、少女が驚きの声を上げた。目の前の女が悪評まみれの元王太子妃候補であることに漸《よう》く気が付いたらしい。その先の反応を見たくなくて顔を伏せようとしたが、彼女の反応は予想外のものだった。

「す、すみません！　私ったら、名乗りもせずに先に名乗らせてしまうなんて！　あの、私、淑女科一年のトリシャ・タールベルクです！　どうぞよろしくお願いします！」

「貴女……」

今度こそ、完全に言葉を失う。こちらの正体を明かしたにもかかわらず、「お願いします」と返した彼女に思考が追いつかない。何とか理解しようと、彼女の発した言葉を思い返す。

（トリシャ・タールベルク？　タールベルク家のご令嬢？　でも確か、あそこのご領主はまだお若いはず）

思い当たったのは、北の護《まも》り、魔物の侵攻をその地で食い止める辺境伯家の名だ。

「貴女、辺境伯閣下のお身内かしら？」

「はい！　兄フリードが、陛下より辺境伯の位を賜《たまわ》っております！」

（妹。……ああ、でも、やはりそういうことなのね）

少女、トリシャの言葉に漸《ようや》く合点《がてん》がいく。辺境の地は王都より遠く、物理的にも政治的にも距離がある。流石《さすが》の私の悪評も、かの地まではまだ伝わっていないらしい。

それでも、いずれはクリスティーナ・ウィンクラーの醜聞《しゅうぶん》が彼女の耳にも入るだろう。それを少し残念に思っているのを自覚しつつ、彼女に対する拒絶を口にした。

「トリシャさん、と言ったかしら？　悪いけれど、私には人に教えている暇《ひま》はないの。他を当たってくださる？」

「そう、なんですね……じゃあ、あの、私、ここで勉強してもいいですか？」

「え？」

断ったはずが、上手《うま》く話が通じていないらしい。トリシャの言葉に何と返すべきか迷っている内に、彼女の背後に控えていた男子生徒が初めて口を開いた。

「トリシャ、ここじゃあ、クリスティーナ様のお邪魔になるだろう？　どこか別の場所で……」

「大丈夫よ！　クリスティーナ様のお邪魔はしないから」

男子生徒にそう答えたトリシャが、こちらに向かって必死に言《い》い募《つの》る。

「本当にお邪魔はしませんので、どうかご安心ください。ここの端《はし》っこで大人しく勉強しています！　クリスティーナ様も、私のことは気になさらないでください！」

言いながら彼女が差し示すのは、私が使用しているテーブルの向かい側。

確かに、四人掛けのその場所を彼女が使用するのは自由で、私が禁じることではない。ただ、「そういうことではない」のだ。頭が痛くなるような状況に、今度は大きくため息をつく。

「はっきり言わないと分からないようだから言うわ。私に関わらないで」

「わ、私、お邪魔、でした、かっ!?」

自分でも冷たく響いたと分かる言葉に、トリシャの目が大きく見開かれた。その碧《あお》い輝きに、見る間に水の膜が広がっていく。

（ちょっと、止《や》めてよ。冗談でしょう？）

泣くまいと我慢しているのがバレバレの必死さに、心がぐらついた。自分を守るため、心に固く築《きず》いたはずのものに、ヒビが入りそうになる。

けれど、それが許されるはずもない。一つ息を吸って、言葉にした。

「違うわ。貴女を邪魔だと言っているわけではないの。ただ、貴女が知らないだけで、私の淑女としての評判は最低だから」

こちらの言葉にトリシャが小さく首を傾《かし》げた。分かっていない様子の彼女に苦い思いが込み上げる。

「だから、私に関わると、貴女の名にも家名にも傷が……」

「ええっ!?　まさか！　そんなこと絶対にないです！」

こちらが言い切る前に、トリシャが否定を口にした。必死に首を横に振っている。

「クリスティーナ様はお優しい方です！　私を助けてくださいました！　クリスティーナ様は淑女の鑑《かがみ》です！　私は、クリスティーナ様ほどお美しくて優しい方を他に知りません！」

「……貴女、いったい、何を言っているの？」

トリシャの口から飛び出た賛辞に身震いしそうになる。

知らぬ相手からの過分な評価。

彼女の盲目的な純真さが怖い。この純真さでこの子はいつか身を亡ぼすのではないかという懸念に、つい、彼女の背後に立つ男子生徒に視線を向けてしまう。

おそらく、彼女のお目付け役、従者か何かであろう少年を、「ちゃんと主人を守れ」という非難を込めて睨《にら》む。視線が合った少年の顔が僅《わず》かに強張《こわば》り、彼は焦《あせ》ったようにトリシャの腕に手をかけた。

「トリシャ、無理強《じ》いするのは駄目だろ？　クリスティーナ様がこう仰《おっしゃ》ってくれてるんだから」

「私はクリスティーナ様と一緒に勉強したいの！」

「トリシャ、けど……」

トリシャを説得しきれずに、困ったようにチラチラとこちらに視線を向ける男子生徒。その反応に、どうやら彼は私の悪評を承知しているらしいと知る。それでも、彼は私を貶《おとし》めて彼女を説得しようとはしなかった。そうしたところで、今の学園に彼を咎《とが》める者など誰もいないというのに。

「……帰るわ。私は帰るから、後は好きに使って」

「えっ⁉」

トリシャの好意と少年の配慮に対する感謝から、この場は自分が譲ることにした。立ち上がり、広げていた勉強道具を片付けてさっさとその場を後にする。

「クリスティーナ様！」

トリシャたちを振り切るつもりで歩き出したが、呼び止める彼女の声に、知らず足を止める。

「あの、明日は⁉　明日もまたいらっしゃいますか？」

「……分からないわ」

小さな声で、それでも、無視できずに返事をする自分の弱さが嫌だった。

◆　◆　◆

颯爽《さっそう》と去っていく後ろ姿、その背中で揺れる輝く白金を見送って、ホゥとため息が漏れた。

「お姉様、やっぱり近くで見てもお美しかった……」

「お姉様、ねぇ……？」

図書館で見かけるだけだった憧《あこが》れの先輩、高位貴族らしい洗練された佇《たたず》まいの彼女の名前を、今日、初めて知ることができた。

名前を知るまで、仮に「お姉様」と呼ばせてもらっていたのを、故郷から共に王都へ出てきた幼《おさな》馴染《なじみ》は事《こと》あるごとに揶揄《からか》おうとする。

「もう、何よ、ウェスリーったら！　お姉様のどこがいけないの？」

「うーん、いや、まさか、トリシャを助けてくれた『優しくて、月の女神のようにお美しいお姉様』が、噂のクリスティーナ様だとは思わないだろう？」

「止《や》めて、ウェスリー！　貴方までお姉様のことを悪く言うつもりなの⁉」

ウェスリーの言いたいことは分かる。

学園に来てから耳にしたクリスティーナ・ウィンクラーという名の公爵令嬢の悪行は耳を塞《ふさ》ぎたくなるほどの恐ろしさで、正直、「そんな悪女とは関わりたくない」と怯《おび》えていた。

だから、お姉様がその悪女だと名乗った時は本当に驚いた。驚いたけれど、すぐに辺境伯である兄の言葉を思い出したのだ。

『王都での噂など殆《ほとん》どがまやかし。自分が目にし、耳にしたものを信じろ』

王立学園入学のため王都へ旅立つ際、兄から送られたこの言葉に、今は心から感謝している。

「お兄様の慧眼《けいがん》は流石《さすが》だわ。ウェスリー、貴方も自分で見たお姉様を信じなきゃ駄目よ」

「待って、トリシャ。何の話をしてるの？」

首を傾《かし》げるウェスリーに兄の言葉を告げると、彼は曖昧《あいまい》に頷《うなず》く。

「確かに、それは大事なことだけどさ……」

「ウェスリーも実際にお姉様を見たでしょう？　あのお姉様の、どこが悪女だっていうの？」

「それは、まぁ、さっきの態度からじゃ分かんなかったよ。でも、ちょっと会っただけの相手をどんな人物か判断するのは難しいんじゃないかな？」

「ちょっと会っただけじゃないわ。言ったでしょう？　以前、お姉様に助けてもらったって」

思い出すのはあの日のこと。今と同じ図書館、人気《ひとけ》のない書架で窮地《きゅうち》に陥《おちい》っていた私に、さっと差し伸べられた救いの手。みっともない私の姿を見ていたはずのお姉様は、そのことには一言も触れずに、ただ助言だけを与えて何事もなかったかのように去っていった。

「あの時のお姉様、本当に素敵だったんだから」

「ああ、はいはい。それはもう何度も聞いた」

おざなりな返事をするウェスリーには分からないのだ。あの瞬間の私の胸のときめきが。

(だって、ずっと憧《あこが》れていた人に声をかけてもらえたんだよ)

入学して以来、図書館を訪れる度に見かけていた上級生。友人を連れるでもなく、常に一人で机に向かう、嫋《たお》やかで静謐《せいひつ》な空気を纏《まと》う存在に、気付けば密かな憧《あこが》れを抱いていた。

ただ、生来の人見知りで、王都出身の級友たちに親しむのにさえ苦労した私では、こちらから声をかけることはできず、見守るだけ。そんな中で巡ってきた絶好の機会に、結局、まともな礼一つ言えなかったというお粗末さに、その場ではかなり落ち込んだ。

(あの時、落ち込んでた私を励《はげ》ましてくれたのは、ウェスリーなのに)

「ウェスリーは、私がお姉様と仲良くなるのに反対なの？」

「反対っていうか、お姉様の正体がクリスティーナ・ウィンクラーだったことが問題っていうか」

困ったような顔をするウェスリーは、ただの幼馴染《おさななじみ》ではなく、私のお目付け役でもある。彼が過保護なのは今に始まったことではないが、私のためを思って言ってくれていることは間違いない。

（私はただお姉様と仲良くなりたいだけ、あんなお姉様がいてくれたら素敵だなぁって……）

お姉様は今まで私の周りにいなかった雰囲気の女性で、武の化身とまで謂《い》われる兄とは真逆に位置している。

勿論《もちろん》、兄のことは尊敬しているし、愛している。ただ、十も年上で、おまけに既《すで》に辺境伯の地位を築《きず》いている兄は、兄というより父、庇護者《ひごしゃ》に近い。実際、父親代わりに面倒を見てもらっていた。

そのせいか、兄妹、兄や姉という存在に憧《あこが》れる。

（だけど、ウェスリーに反対されてまで仲良くしたいわけじゃないし……）

ジワリと、瞳の奥から溢《あふ》れてくるものを感じて、必死に唇を噛《か》んだ。不意に温かいものが頬に触れ、硬い指先が目元を拭《ぬぐ》う。

「ああ、もう、トリシャ、泣かないで」

「泣いてない」

「うん、そうだね。泣いてない。泣いてないけど、泣きそうなほど悲しい？　そんなにクリスティーナ様と仲良くなりたかった？」

子どもに言い聞かせるようなウェスリーの言葉が嫌で、必死に首を横に振る。

「だって、ウェスリーも応援してくれてたじゃない！　私がお姉様にもう一度お礼を言うって決めた時、応援してくれたでしょう。もっとお話ししたいって言ったら、どんなふうに話しかければいいか一緒に考えてくれたじゃない」

「そう、そうなんだよなぁ。本当、あの時の俺の口を塞《ふさ》いでやりたい」

「私、凄《すご》く頑張ったんだよ！　今までで一番、勇気を出したんだから！」

辺境という閉鎖的な土地柄のせいもあり、今まで年の近い友人などいなかった。学園に入学してからも全て受け身、話しかけてくれた相手と距離を縮めることで、どうにか友人関係を築《きず》いてきた。だから、お姉様に自分から話しかける、たったそれだけのことが、私にとっては途轍《とてつ》もなく勇気のいる行動だったのだ。

「うん、まぁ、確かに。今回、トリシャはよく頑張ったよ」

その言葉と共に頭を撫《な》でられ、小さく頷《うなず》き返《かえ》したが、ウェスリーの困ったような声は変わらない。

「けどさ、クリスティーナ様自身に言われちゃっただろ、関わるなって。だから、距離は取るべきなんじゃないかな？」

「でも、あれは私の立場を気遣ってくださった言葉でしょう？」

邪魔ではないと、確かにそう言ってくれた。それでも、段々小さくなっていく自信と共に声が掠《かす》れる。また溢《あふ》れそうになるものを堪《こら》えていると、頭の上で大きなため息が聞こえた。

「ああ、もう無理！　トリシャ、俺がトリシャの泣き顔に弱いって分かっててやってるだろう？」

「ウェスリー？」

「確かに、クリスティーナ様はトリシャの立場を気遣ってた。トリシャのことを嫌がってるふうじゃなかったよ」

ウェスリーの言葉に、勢い良く顔を上げる。

「本当!?　ウェスリーもそう思った!?」

「うん、まぁ、ね」

「やっぱり！　やっぱり、お姉様はお優しい方なのよ！　悪女なんて心ない噂に傷ついていらっしゃるはずなのに、ご自分のことより私のことを気遣ってくださるんだもの！」

私の言葉に曖昧《あいまい》に笑って頷《うなず》くウェスリーに宣言する。

「私、今度はもっとたくさんお姉様に話しかけてみる！　お姉様ともっと仲良くなるの！　それで、できれば、できればだけど、お友達になってもらって……」

頭の中を巡り出した未来図に頬が弛《ゆる》む。

「お茶会にお呼びして、二人でお話をするの。お姉様のことだもの、きっと、色んな話をご存じよね。王都のことも、色々教えていただけるんじゃないかしら？　二人でお出かけするのも楽しそう。美味《おい》しいお菓子を食べて、二人でお揃いのリボンを買うなんて素敵じゃない？」

想像の中でお姉様と並ぶ自分の姿にウットリしたところで、こちらに向けられるウェスリーのジトリとした目に気が付いた。

「あ！　ごめんなさい、ウェスリー」

「うん、まぁ、想像するだけなら問題ないけど……」

「でも、安心して！　勿論《もちろん》、お出かけする時はウェスリーも一緒に行けるよう、お姉様にお願いするから。貴方を置いていったりしないわ！」

力強くそう約束すると、彼が小さくため息をつく。

「違う……、けど、まぁ、俺がついてればいいだけの話だよね。トリシャ、お願いだから、俺がトリシャの護衛だってこと忘れないでよ。置いてかれるなんてことになったら、親父に殺される」

「やだ、ウェスリーったら冗談ばっかり！　トマスがそんなことするわけないじゃない」

彼の父親、タールベルクの家令を務める老男爵の穏やかな笑みを思い出して笑った。

「いや、冗談じゃなく、割と本気で身の危険を感じるから。絶対、トリシャは俺から離れないで」

「それは分かっているわ。お兄様との約束だもの。ああ、でも、そうよ。遊んでばかりいたら、トマスじゃなく、お兄様に叱《しか》られてしまうかも！」

思い当たった可能性に、途端、気持ちが焦《あせ》り出《だ》す。

「お出かけの前に勉強も頑張らないと！　お兄様に怒られるのも嫌だけど、お姉様に呆《あき》れられるのはもっと嫌だもの」

「うん、まぁ、そうだね。その辺は、トリシャもクリスティーナ様を見習ってほしいかな」

勉強に関してはどこか他人事、一人でうんうんと頷《うなず》くウェスリーの余裕の態度が、ちょっとだけ悔しい。

故郷で同じ家庭教師について学んでいた頃、同じ年のはずの彼は私よりも遥《はる》かに先を進んでいた。学園では騎士科に所属する彼が学業で困ることはないのだろう。

「でも、騎士科にだって一応筆記試験はあるんでしょう？　面倒だからって、おざなりにするのは良くないと思うの」

「うーん、色々、言いたいことはあるんだけど、これでも俺、フリード様の側近候補だからさ。親父に諸々叩き込まれてるし、剣を振るうしか能がない騎士科の連中に後《おく》れを取るつもりはないよ」

そう言って不敵に笑うウェスリーの黒の瞳に、揶揄《からか》いの色が浮かぶ。

「俺の記憶だと、勉強が嫌で家庭教師から逃げ回っていたのはトリシャのほうじゃなかった？」

「それは子どもの頃の話！　そんなこともうしないわ。私はお姉様みたいになるんだから！」

胸を張って宣言すると、彼が嬉しそうに笑った。

「そっか。それは、うん、良いことだと思うよ。だったら、刺繍《ししゅう》やピアノも頑張らないとね」

「え、刺繍《ししゅう》……？」

「あれ、おかしいな？　トリシャの憧《あこが》れのお姉様は淑女の鑑《かがみ》なんだよね？　刺繍《ししゅう》や楽器演奏も完璧にこなすんじゃないの？」

ウェスリーの問いかけに、返す言葉が出てこない。

確かに彼の言う通り。お姉様なら、淑女の教養として求められるもの全てに完璧に応えて見せるのだろう。何しろ、かつては王太子殿下の婚約者、将来の王太子妃候補だったのだから。

（……お姉様みたいに成りたいだなんて、私、早まったかしら？）

怖気《おじけ》付きそうになったが、まずは始めてみないことには話にならない。折角《せっかく》、お姉様が譲ってくれた場所なのだ。先ほどまで彼女の座っていた椅子に腰を下ろし、机の上に教科書を広げた。

◇　◇　◇

「……貴方、ウェスリーって言ったかしら？」

人気《ひとけ》の少ない図書館の一角にある勉強机。ここ最近、この場にいることが当たり前になりつつある二人の内、今まで直接言葉を交わしたことのなかった男子生徒に声をかけた。

トリシャが「本を返しに行く」と言って離れた隙《すき》にかけた言葉に、男子生徒は綺麗なお辞儀を返す。

「はい。改めて、ご挨拶《あいさつ》させていただきます。ウェスリー・シュミットと申します。父、シュミット男爵トマスが、タールベルクに仕《つか》えております」

「そう。……貴方はトリシャさんの護衛、お目付け役のようなもの？」

彼らの気安いやり取りから、ただの主従とは思えない関係をそう尋ねた。こちらの疑問を汲《く》み取《と》ったウェスリーは、苦笑と共に答える。

「はい。トリシャ様は友人として扱ってくださってはいますが……」

「確かに、彼女はそう思っているみたいね」

そんな彼女の態度は、貴族社会、特に王都においては、爵位に鑑《かんが》みないと問題視されることもある。けれど、改めて忠告するまでもなく、全て承知した上で笑っているのであろう少年に、何かを忠告するのは無粋《ぶすい》だと思った。

改めてウェスリーの姿を眺める。黒目黒髪というだけで親しみを感じるのは、前世の感覚的なものだ。

端整な顔立ちではあるが記憶に残るほどの特徴は持たない、普通の容姿の少年。ただ、一つ特筆すべきものがあるとすれば、彼がトリシャを見る時の眼差《まなざ》しだろうか。今も、返却窓口に立つトリシャに向けられている彼の眼差《まなざ》しには、臣下としての忠誠とは別の温《ぬく》もりがある。

傍目《はため》にも彼女を大切にしていると分かるその姿に、だったら何故《なぜ》という思いが余計に湧いた。トリシャはともかく、彼は分かっているはずなのに。

「ウェスリー、貴方、何故《なぜ》トリシャさんを止めないの？」

「止めるとは、どういう意味でしょうか？」

視線をこちらに戻して問い返してきたウェスリーを、軽く睨《にら》む。

「あの子が私に近づくことをどうして止めないの？　私の噂は知っているでしょう？」

「はい。確かに、クリスティーナ様に関する噂は幾《いく》つか耳にしております。ですが、今は、噂は噂にすぎないのでは？　とも考えております」

「どうしてそんな判断になるの？　噂にも根拠はあるわ。少なくとも、私がソフィア様を害したことは事実よ」

そう言い切ると、笑みを消した彼がこちらをじっと見つめる。不躾《ぶしつけ》だが真剣な眼差《まなざ》しを受け止め続けている内に、やがて彼は口を開いた。

「正直に申し上げれば、私も一度はお止めしたのです。ですが、トリシャ様はああ見えて結構頑固で、自分で目にしたクリスティーナ様のお姿しか信じないと、噂をまったく信じていらっしゃいません」

ウェスリーの言葉に、また心が揺れる。親からの信頼も失った自分を信じる人間がまだいるなんて。

「トリシャ様は心よりクリスティーナ様をお慕《した》いしています。私は、トリシャ様にはお心のままにお過ごしいただきたいのです」

「……甘いわ。私がトリシャさんにまで危害を加えるつもりだったらどうするの？」

「その時は、私がトリシャ様をお守りすれば良いだけのこと。私はそのためにおります」

そう気負うことなく答えたウェスリーは、余程自信があるのだろう。確かに、今までトリシャが会いに来る際には、常に彼が隣にいた。その忠義は大したものだと思う。

（ただ、それでは足りないかもしれないから……）

口にするのを躊躇《ため》うのはあの日のこと。忘れてしまいたい、なかったことにしたいあの時のことを、人に明かして得になることなんて一つもない。分かってはいるが、ここで明かさなかったことで、トリシャのあの笑顔が失われてしまうのは嫌だ。

「……以前、学園内で男に襲われたことがあるの」

その一言に、飄々《ひょうひょう》としていたウェスリーの顔に驚愕《きょうがく》が浮かんだ。

「名は教えられないけれど、相手は学園の生徒よ。それだけ、私は周囲から恨みを買っている」

言葉を失ったウェスリー、彼の驚きに見開かれた目を受け止めきれず、手元に視線を落とす。

「……私に関わることで、トリシャさんにも同じような危険が及ぶ可能性があるわ。だから、言っているの。あの子を止めなさい」

今までよりきつく命じた言葉に、返事はない。短い沈黙の後に、ポツリと小さな声が降ってきた。

「申し訳ありません、クリスティーナ様。実は、今の私は自分の判断に自信がないのです」

「自信がない？　どういうことかしら？」

「……私が王都に出てくる前、タールベルクで耳にしたクリスティーナ様の噂は、アレクシス殿下のご不興を買い婚約を破棄されたご令嬢、というものでした」

頼りなげな言葉に顔を上げて様子を窺《うかが》う。彼は途方に暮れたような顔で笑っていた。

「学園に入ってから耳にしたクリスティーナ様の噂はもっと酷《ひど》かったんです。こんな悪女をうちのお姫様に近づけるわけにはいかないって、思ってました」

当然とも言うべきその言葉に頷《うなず》くと、彼は小さく首を横に振った。

「なのに、その悪女はどんな気まぐれか、トリシャのことを助けるし。トリシャはトリシャで、すっかり憧《あこが》れのお姉様に嵌《はま》ってしまうし。トリシャがこうなると、本当に厄介《やっかい》なんですよ」

ため息をついたウェスリーが、その黒髪をクシャリと掻《か》き上《あ》げた。

「クリスティーナ様はトリシャ様を避けたつもりかもしれませんが、それがあの方の名誉を気にしてのことだと分かっていますから、トリシャ様は諦めるつもりがありません」

「だから、そこを貴方から上手《うま》く言って何とかすれば……」

「私では無理です。クリスティーナ様がトリシャ様を無視なされば何とかなるかもしれませんが、クリスティーナ様も結局、トリシャ様に泣きつかれると、今みたいに勉強を見てくださっていますし」

そう言って彼は勉強机の上、そこに置かれた淑女科の教科書に視線を向ける。気まずくなりながらも、私は言葉を返す。

「それは今この場での話でしょう？　たまたま質問をされたから答えているだけで……」

「ええ。ですが、そのたまたまが続いているおかげで、最近のトリシャ様は机に向かう時間が増えました。刺繍《ししゅう》も苦手でいらっしゃったんですけどね。クリスティーナ様のようになる、と張り切って練習していらっしゃいます」

笑って言う彼の言葉を信じるのなら、トリシャが私に向けるのは純粋な好意ということになる。

逃げ出したくなるような気恥ずかしさに黙り込むと、ウェスリーの笑みが苦笑いに変わった。

「それに、私自身も。……最近、クリスティーナ様の噂を信じられなくなってきておりました」

「どうして……」

出会ったばかりの彼らが何故《なぜ》、悪評ばかりの私にこんなにも簡単に信頼を寄せてくれるのだろう。

「どうして、と聞かれると困りますね。ですが、まさに今、クリスティーナ様は、女性が言葉にするのは辛《つら》いであろうお話を私に明かしてくださいました。それも、トリシャ様の御身のために」

胸に手を当て軽く頭を下げたウェスリーが、感謝の意を示した。

「ですから、まぁ、噂はあくまで噂でしかない。私も、そう判断をしたいところなのですが……」

言って、彼はまたこちらをじっと見つめる。

「ですが、クリスティーナ様ご自身は自らを悪だと断じていらっしゃる。故《ゆえ》に、判断がつかない。私も、まだまだ人生経験の足らぬ若輩者ですから」

老成したような物言いをしながら、実際には、自分より二つも年下の少年は困ったように笑った。

そこに一瞬見えた気がした年相応の幼さは、次の瞬間には貴族令息の表情の下に隠される。

「ですが、どうぞご安心ください。トリシャ様はタールベルクの人間。あの方に手を出して武のタールベルクを敵に回すような馬鹿は、学園内にはまずいないでしょう」

そう断言したウェスリーが胸を張った。

「仮にそんな馬鹿がいたとしても、トリシャ様は、私がこの身に代えても必ずお守りいたします」

言って晴れやかに笑う少年の背後から、こちらに駆け寄ってくるトリシャの姿が見える。

「お姉様、お待たせしてごめんなさい！　思ったより時間がかかってしまって」

戻ってきた彼女は、私たち二人の間の雰囲気に首を傾《かし》げた。

「ウェスリー？　お姉様と何の話をしていたの？」

「何でもないよ。ただ、これからもトリシャをよろしくお願いしますってお伝えしてたところ」

トリシャに溶けるような笑顔を見せたウェスリーが、彼女に見えぬ角度でこちらに向かって片目を瞑《つむ》ってみせる。

「クリスティーナ様もどうぞご安心ください。何が一番トリシャ様のためになるか、若輩者に判断はつかずとも、ちゃんと判断してくれる大人はいますから」

「もう、ウェスリーったら。いったい何の話？」

トリシャの抗議の声に、彼はまた何でもないと笑って答える。

私はじゃれ合う彼らをぼんやりと眺めながら、ウェスリーの言葉が指す意味を考えていた。

◆　◆　◆

「――トマス、トマス！　馬を！　シックザールに鞍《くら》の用意をしてくれ！」

重厚な絨毯《じゅうたん》の敷き詰《つ》められた領主館の廊下を、邸の家令トマス・シュミットの姿を捜《さが》して足早に進む。本心では駆け出したい気持ちを抑えて――そんなことをすれば、当の家令にまた「領主のあるべき姿」について延々と説教されることになる――トマスに与えた執務室に辿《たど》り着《つ》いた。

戸を叩く間も惜しく、急《せ》く思いのままに開け放った扉が部屋の壁にぶち当たり、激しい衝突音を立てる。一瞬、「まずい」とは思ったが、気付かぬ振りで勢いのままに用件を告げた。

「トマス、一大事だ！　タールベルクの危機だ！　俺は王都へ行く！」

返ってきたのは、酷《ひど》く冷静な黒い瞳。銀髪を一部の隙《すき》もなく整えた男が、その瞳を扉に向けながら口を開く。

「フリード様、もう少々落ち着かれてはいかがでしょう。邸を破壊しかねないほどの一大事とは、いったい？」

「これだ！　トリシャから手紙が来た！」

トマスの叱責《しっせき》を恐れ、彼の言葉に被せるようにして手にした書簡を掲《かか》げる。

「トリシャ様からのお返事ですか。それはよろしゅうございましたね」

「ああ。まったく、我が妹ながら、トリシャは本当に筆不精だからな。王都に出てから、これで漸《ようや》く三通目。少なすぎると思わないか？」

言葉にすると、三ヶ月前にこの地を発った妹の姿が脳裏に浮かんだ。母親譲りの碧《あお》の瞳を不安と好奇心でいっぱいにして馬車に乗り込んだ幼い妹。父親譲りの色素の薄い茶の髪まで兄妹で同じ色彩を持ちながら、彼女と己の容姿はまったく似ていない。

自身の外見が人に恐れを抱かせることを考えれば喜ばしいことなのだが、如何《いかん》せん、トリシャの幼い姿は庇護欲《ひごよく》をそそる。故郷より遠く離れた地で、世間知らずの妹が苦労してはいないかと殊更《ことさら》に心配になるのだ。

「トリシャ様も新しい生活に慣れるのに必死なのでしょう」

「いや、うん、まぁ、それはそうなんだろうが」

トマスの言葉に渋々納得しかけたところで、ハタと気が付いた。

「いや、違う！　そうではない！　一大事なのは、書かれている中身だ！」

「中身？　何か問題でもありましたか？」

「大ありだ！　トリシャめ、あろうことか、ウィンクラー家のクリスティーナ嬢と親しい仲だと書いて寄越した！」

確信を持って「大問題だろう」と告げるが、目の前の男は「ああ、なるほど」と淡々と頷《うなず》くだけ。

その反応に、こちらの焦《あせ》りが増々大きくなる。

「トマス、何故《なぜ》そんなに落ち着いている⁉　相手はあのクリスティーナ・ウィンクラーなんだぞっ⁉」

「フリード様こそ落ち着いてください。ウェスリーからの定期報告によれば、現状、かのご令嬢とトリシャ様とのお付き合いに大きな問題は見られないとのことです。今後の付き合いに関してはこちらの判断を仰《あお》ぐと」

「認めん！　あんな悪女をトリシャに近づけてたまるか！」

妹への悪影響が恐ろしい。焦《あせ》りに任せてそう口にすると、トマスは右眉をクイと持ち上げた。

「あんな悪女、ですか？　先ほどは、あのクリスティーナ・ウィンクラーと仰《おっしゃ》られましたね。フリード様はかのご令嬢と面識がおありで？」

「う。……いや、直接、顔を合わせたことはないが」

「左様《さよう》でございますか」

だったら問題があるかどうかは分からないだろう、と言わんばかりのトマスの態度に焦《じ》れる。

「確かに、彼女に関しては噂話程度でしか知らん。だが、王太子殿下との婚約を破棄された令嬢だぞ？　国王陛下が婚約の解消ではなく、破棄をお認めになったのだ！　それだけで、かの令嬢の性根が知れるというもの！」

そう口にして、己は、思ったよりもかの令嬢に対して忌避《きひ》を感じているらしいと知る。

（陛下が次代の王妃に相応《ふさわ》しからざると判断したのだ。その判断に誤りなどあろうものか）

陛下への忠誠は絶対。それは、十五年前より変わらぬ己の思いだ。

十五年前、この地は魔物の大群に襲われた。その圧倒的な数を前に、日頃より魔物を相手取ってきたタールベルクをもってしても状況は不利。そう判断した前領主である父は、王都は勿論《もちろん》、周辺領地からも増援を募《つの》った。しかし、侵攻の速さにその悉《ことごと》くが間に合わず、この地は甚大な被害を出す。失われた多くの命の中には、最前線に立ち続けた己の父母も含まれた。

（あの時、あと少しでも早く救援が来ていれば）

思い出せば今尚、ジクリと胸が痛む。風化できない傷跡は、この地に住まう者たち共通の痛みだ。

ただ、そうであっても、残された自分たちはいつまでも立ち止まっているわけにいかない。特に、民を導く立場にあるタールベルクの血を引く者に、それは許されなかった。

齢《よわい》十にして新領主となった己を、周囲は懸命に支えてくれたと思う。

（領主の何たるかも知らぬ子どもがここまで来れたのは、トマスや皆のおかげだな……）

領地の者たちへの感謝は尽きない。

だが、それだけでは足りなかった。

魔物の侵攻により傷ついた土地を復興するには多くの時を要する。その間、飢《う》えゆくタールベルクの民を救ったのは、他でもない、今代の国王陛下だ。救えなかった命に頭を下げた陛下は、この地の復興に惜しみない援助を与えてくれた。そこに、タールベルクへの憐《あわ》れみ以外の打算、国防のための投資が含まれることも承知の上で、己は陛下へ忠誠を捧《ささ》げている。

「フリード様は、陛下のご判断から、かの令嬢がトリシャ様に相応《ふさわ》しくないとお考えなのですね？」

トマスが確認のために口にした質問に、間髪《かんはつ》容れずに頷《うなず》き返《かえ》した。

「ああ。トリシャのことだ、きっとクリスティーナ嬢の本性を知らずに騙《だま》されているに違いない」

「ウェスリーの報告によると、そう単純な話ではない気がしますが、まぁ、いいでしょう。フリード様ご自身が王都へお出でになる、ということでよろしいですか？」

「ああ！　トリシャの前でかの令嬢の正体を暴き、トリシャの目を覚ましてみせる！」

勢い込んだ己に、トマスが首を傾《かし》げる。目線で、「果たして、そう上手《うま》くいくでしょうか？」と問われ、怯《ひる》んだ。

（確かに、相手はあのトリシャだからな……）

魔物の侵攻で父母が命を落としたのは、十も年の離れた妹が生まれた直後のこと。父母の顔も知らぬ妹が憐《あわ》れで、殊《こと》の外《ほか》、彼女を慈《いつく》しんできた自覚はある。

そして、それは何も己だけの話ではない。

国の防衛の要《かなめ》という土地柄、タールベルクには男女関係なく戦える人間が多いが、そんな中にあって、戦う力を持たない小柄なトリシャは完全なる庇護《ひご》対象だ。父の代から仕《つか》える年配者を筆頭に、タールベルク家の唯一の姫として蝶《ちょう》よ花よと可愛がられて育った妹は、自分の望みが叶えられないという経験をしたことが殆《ほとん》どない。

「トリシャ様はあれで、意志の強い方であられますから」

トマスの言葉を選んだ表現に、力なく頷《うなず》く。

要するに、トリシャは頑固だ。頑固というか、それこそ周囲がそう育ててきたために、無自覚に我を通す。今までは、本人の性質もあって、彼女の我儘《わがまま》に本気で困らされることはなかったのだが、今回はなかなかてこずるかもしれない。

「……トリシャを説得できなかった場合は、クリスティーナ嬢のほうに警告しよう。うちの妹に近づかないようにと」

「フリード様、そのお顔で凄《すご》まれるのはお止《や》めください。それでは警告ではなく、脅迫になってしまいます」

トリシャに対する時とは明らかに違う、トマスの手厳しい一言に、グッと言葉に詰《つ》まる。

「ですが、まぁ、大体のお話は分かりました。王都へ行かれるのでしたら、こちらで準備を整えておきます。ただ、出立はファイヤーホーンの討伐を終えてからにしてください」

「なっ！　そんなことをしている間に、トリシャがクリスティーナ嬢に毒されでもしたらどうする!?」

トマスが名を挙げた魔物は牛に似た大型獣で、群れ単位での移動を繰り返す。この時期になると人里近くに姿を現すため、確かに討伐の必要があるのだが、王都から帰ってきてからでも遅くはない。

「フリード様、よもや王都へ行って帰ってくるだけで済ますおつもりですか？」

「ん？　そのつもりだが、他に何かあるのか？」

「折角《せっかく》、自ら王都へ出向くお気持ちになられたのです。あちらできちんと社交もなさってきてください。お忘れかもしれませんが、フリード様もとうに適齢期。タールベルクは次代の誕生を心待ちにしております」

そう言いながらじっと視線を向けてくるトマスから顔を逸《そ》らす。視線を泳がせながら、何とか言い訳の言葉を探した。

「いや、だが、悠長なことをしていれば、トリシャが厄介事《やっかいごと》に巻き込まれる可能性がある」

「ご安心ください。そのような時のために、ウェスリーを付けております。いざとなれば、トリシャ様の盾となり散る程度の役目は果たすでしょう」

「ああ、いや、うん。散る必要はないと思うが……」

自身の息子相手には一段と厳しいトマスの言葉に、己の側近候補の身を案じる。

「仮にも自分の息子だろう？　シュミットの継嗣《けいし》じゃないか」

「それがお役目ですから」

そう涼しい顔で言い切ったトマスの言葉に、それ以上は返す言葉が見つからずに黙り込んだ。そのまま、急《せ》き立《た》てられるようにして部屋から追い出されたところで、結局、王都での滞在が確定事項になっていることに気付く。

こういう時のトマスに己が逆らえた試しがない。ため息が一つ、口からこぼれ落ちた。

第三章　運命の出会い

勉強づけの毎日はあっという間に過ぎていく。単調な毎日だからか、或《あ》るいは、魔術の練習が手つかずなことに対する焦《あせ》りがあるためか、気付けば前期考査の日を迎えていた。

首位をとる――

その目標に対しては、かなりの手応えを感じている。今まで一番試験対策をしたのだから、当然と言えば当然の結果。語学と一般教養の三科目が終わった時点で、満点を確信していた。

（凡ミスが怖いけれど……、後は魔術の試験だけ）

最後の科目である魔術の試験開始数分前に、悪あがきとして教科書を流し読みしておく。

魔術の問題は魔術科や騎士科と共通のもので、魔術科の教師であるオズワルドが作成を担当している。魔術科の難易度に合わせた試験内容は、騎士科は未《ま》だしも、淑女科の習熟度では全問解答できるかさえ怪しい。

もっとも、結局は教科書準拠、出題範囲も決まっているのだから、丁寧に攫《さら》っておけば解けない問題などない。

「問題用紙を配りますので、机の上を片付けてください」

用紙の束をかかえて教室へ入ってきた淑女科担当の魔術教師プロイス先生の声に、周囲が動く。

自身も、手にしていた教科書をしまった。配られ始めた問題用紙、伏せられた紙に否応なしに緊張が高まっていく。

失敗は許されない。この試験一つに人生がかかっているのだ。

（……大丈夫よ。今日まで妥協はしなかったんだから）

この学園の誰よりも努力したという自負がある。

「それでは始めてください」

合図と共に、衣擦《きぬず》れの音、紙をひっくり返す音が聞こえた。

手元の用紙を表に返して問題を解いていく。常なら、五割解ければいいほうだ。だが、今回は全て分かる、解ける。知識問題だけではなく展開術式も構成図も全て、基本は頭に叩き込んであるから。浮かんだ答えを答案用紙に書き込み続け、手を止めることなく最後の問題まで解き切った。

（……できた）

時間にして十数分。思った以上に短い時間で出来上がった解答を二度見直してから、この後どうするべきかを考える。本来の試験時間は四十五分のため残り時間に余裕はあるが、解答が済めば退室は認められている。

（念のための保険は必要、よね？）

そう判断して、答案用紙を手に立ち上がった。そこで、プロイス先生がこちらの挙動に気が付く。彼女の訝《いぶか》しげな表情を無視して、そのまま教卓に近づいた。

「クリスティーナさん、質問なら着席したままでお願いします」

「いえ。解き終わりました」

「え⁉」

驚きの声を上げた先生に、答案用紙を差し出す。

「お疑いなら、お確かめください」

確認を促《うなが》すと、答案用紙を受け取ったプロイス先生の視線が紙面の上を走る。その目が徐々に見開かれていった。

「ご確認いただけましたか？　問題なければ退出したいのですが？」

「……そうね。問題はないわ」

先生の許可を得て、自身の机に戻る。荷物を纏《まと》める最中、ずっと周囲からの視線を感じていた。これだけ目立つことをしたのだ、注目されるのは当然だろう。予防線を張るつもりで行動しているのだから、しっかりと目撃してもらわねば困る。

(張れるなら張っておくにこしたことはないから、一応ね)

脳裏にあるのは、いつぞやオズワルドから向けられた眼差《まなざ》し。彼の内に燻《くす》ぶるものを忘れたわけではない。


試験の翌週。

週明けの渡り廊下に人だかりができていた。淑女科棟と魔術科棟を結ぶその廊下に、試験の結果が張り出されている。掲示されるのは、総合成績の上位二十名と各科目の上位十名。今まで、そこに自身の名が載るか特に気にしたことはなかったが、今回ばかりはそんなことを言ってはいられない。

掲示に近づくと、周囲の視線が次々とこちらを向く。驚きと敵意に満ちた騒《ざわ》めき。それらを意識しながら進む。総合成績の順位が見えてきた。

総合順位の先頭、首位の座に書かれた自身の名が目に飛び込む。

（あ、った……）

首位を取る自信はあった。答案用紙は返却前だが、自己採点で全科目満点だったことを確認している。絶対に首位だと確信していたが、それでもこの瞬間、心からの安堵《あんど》を覚えて手が震えた。

湧き上がってくる歓喜を押し殺し、何げなさを装《よそお》って再度掲示を確かめると、名前の下に書かれた得点が見えた。その数値のおかしさに、自然と眉根《まゆね》に皺《しわ》が寄る。

（四百八十二点？　そんなはずは……）

仮に、自分で気付けなかった凡ミスがあるにしても、十八点もの失点はおかしい。何がまずかったのか。総合得点の横に張られた科目ごとの成績を順に見ていく。語学や一般教養などの四科目においては、全て一位の座に自身の名と百という点数が書かれていた。

最後に張られた魔術の成績、そこに書かれた点数を見て、したくはないが、納得してしまう。

（ああ、やっぱり。そういうことにされるわけね）

魔術の成績順位、三位に自身の名と八十二という点数、二位にはソフィアの名と八十五という点数が並んでいた。

予測まではいかずとも予感はしていた事態。

ソフィアの更に上位に書かれた魔術科トップの百という点数を眺めながら、さて、どうしたものかと考える。総合で首位とはいえ、ここでの点数が卒業時の成績に響くことを考えれば、このまま捨て置くことはできない。

どう動くかを思案していると、背後から場違いなほどの大声が聞こえてきた。

「えーっ⁉　総合成績、ソフィアじゃなくてあの女が一位なのっ⁉」

場の空気を読まない男の声には聞き覚えがある。振り向くと、明るい金髪の男子生徒が総合成績の紙を見上げて騒いでいた。連れ立ってきたのか、男の隣にはソフィアの姿がある。

「うっそ、四百八十二⁉　ソフィアでさえ四百六十なのに⁉」

「パウル君、声が大きいよ」

「いや！　だって、こんなの絶対おかしいって！」

大声で騒ぐのは魔術科トップの男、魔術の成績で満点一位を取ったパウル・カルステンスだ。学園卒業後は王宮魔術師への登用が確実視されているパウル。彼は、学園始まって以来と言われるほどの魔術の天才で、そして、乙女ゲーム『蒼穹の輪舞』における攻略対象者の一人でもあった。

周囲を気にせず、「おかしい、変だ」と叫び続けるパウルを、ソフィアが宥《なだ》めようとしている。今のところ、級友以上の関係には見えない二人のやり取りを眺めていると、不意に、ソフィアがこちらを振り向いた。

「あ！　クリスティーナさん」

「え⁉　あ、本当だ！」

彼女の声に、パウルもこちらに気付く。厄介事《やっかいごと》に巻き込まれたくなくて、少し離れた距離にいる二人に向かって頭を下げ、そのまま立ち去ろうとする。しかし、足早にこちらへ近づいてきたソフィアに呼び止められた。

「クリスティーナさん、総合一位おめでとうございます。凄《すご》いですね！」

「……ありがとうございます」

「あー、でも、悔しいなぁー。まさか、クリスティーナさんに負けちゃうなんて」

僅《わず》かに棘《とげ》のある言葉に、ソフィアをよく見る。彼女の笑みはどこかぎこちない。遠目には分からなかった強張《こわば》った表情を眺めながら、彼女の心情を思う。

入学以来、常に学年トップの成績を収めてきたソフィア。それが、殿下の婚約者になった直後の試験で、元婚約者である私にその座を奪われたのだ。平静でいられるはずがない。それでも、「気にしていない」という体裁《ていさい》のためか、不自然なほどに明るい声で、こちらに話しかけてくる。

「クリスティーナさんって、本当は、魔術が得意だったんですね」

「得意とはいえませんが、座学のみであれば何とか」

「えー！　謙遜《けんそん》しないでくださいよ！　クリスティーナさんの魔術の点数、あり得ないくらい上がってるじゃないですか。どうやったらここまで成績が上がるんですか？」

ソフィアのその一言に、私たちの会話に聞き耳を立てていたらしい周囲が騒《ざわ》めいた。聞こえてくるのは、「確かに」「不自然だ」という、私の好成績に対する不審の声だ。

（……これは、どちらだろう？）

今のソフィアの発言は故意なのか、或《あ》いはただの無神経なのか。どちらにしろ、私の「不正」を疑っているように聞こえる微妙な発言に対して、何と答えるべきかを迷う。迷っている内に、横からパウルが割り込んできた。

「クリスティーナ様にそんなこと聞いても無駄だって。絶対、勉強なんてしてないよ。クリスティーナ様って、お茶会か夜会にしか興味ないんでしょう？」

ソフィアの後ろ、彼女とさほど変わらない目線の高さでこちらを揶揄《やゆ》する翡翠《ひすい》の瞳とかち合う。

「まぁ、あり得ない点数っていうのには同意するけど。だって、絶対おかしいよね、こんなの。クリスティーナ様が魔術で八十二点？」

「パウル君、でも、クリスティーナさんだって努力したのかもしれないでしょう？」

「アハハ！　ないない、絶対ない！　この人が努力とか、ぜぇーったい、ないから！」

散々な言われようではあるが、パウルの評価も強《あなが》ち間違いとはいえなかった。

クリスティーナ・ウィンクラーは努力などしない――

それは、かつて、私自身がそう望んで周囲に見せてきた姿だ。努力などせずとも、常に高みにある国の誉《ほまれ》。それが、「クリスティーナ・ウィンクラー」の見せ方だった。みっともなくあがく姿など、人前に晒《さら》すはずがない。

（なんて……、そんなメッキも、もう殆《ほとん》ど剥《は》がれちゃってるはずなんだけど）

公衆の面前での土下座然《しか》り、図書館での缶詰め状態然《しか》り。それら全てを見ない振りされているのだろうか。それとも、興味のない対象に対してはとことん無関心なパウルのことだ、私の現状など、本当に知らないという可能性もある。

私も、自分の「努力」をここで態々《わざわざ》口にするつもりはなかった。味方不在の中で自己弁護をしても、状況は変わらない。代わりに、話の矛先《ほこさき》をソフィアの成績に向ける。

「ソフィア様は、王太子妃教育を始められて大変なのではないですか？」

「え？　私、ですか？」

「はい。私が長い時間をかけて学んできたことを、ソフィア様は今、限られた時間の中で学ばれています。そのご負担は決して軽くはないでしょう」

こちらの向けた誘い水に、ソフィアは躊躇《ためら》いながらも答えを返す。

「それは……、確かに、大変ですけど。でも、今学んでいることは、これからの私のためにも、この国のためにも必要なことですから。私は、やらなきゃいけないって思ってます」

「ええ。ソフィア様のお心構えは大変素晴らしいと思います」

ソフィアに向けて言葉を発しながら、意識はずっと周囲の耳目、こちらの会話に聞き耳を立てている者たちの反応に向けている。

「先ほどのご質問への答えですが、私の成績が上がったのは、ソフィア様とは逆に、私が妃教育から離れたことが理由だと考えております。……妃教育には、私も大変苦労しましたから」

「そう、なんですか？」

「ええ。その分、今回は、十分な時間を試験対策に当てることができました」

そう言い切ると、ソフィアは曖昧《あいまい》に頷《うなず》き返《かえ》すだけで、それ以上追及してくることはなかった。

彼女の成績不振に対する言い訳まで用意したのだ。下手《へた》な詮索は、彼女自身の身に返ると承知しておいてほしい。

「それでは、私はこれで失礼いたします」

言って頭を下げたところに、ソフィアが何やらゴニョゴニョと別れの挨拶《あいさつ》らしきものを口にするのが聞こえた。何とも締まらない言葉に見送られて、その場を後にする。

(一応、この場は何とかなった……なら良いんだけど)

ソフィアが沈黙した以上、今後、私の成績に関して不正を追及する生徒はいないだろう。陰口や詮索程度はあるだろうが、疑い止まりなら問題はない。

問題は、学園、教師側からも不正と判断されてしまうことだ。

これからの自分の行動を考えれば、疑いの芽は少しでも潰しておきたかった。

◇　◇　◇

学園における最高権力者の部屋、学園長室内に、張《は》り詰《つ》めた空気が漂《ただよ》っていた。

部屋の主である老公バルタザール・ウルブルこそ常の泰然《たいぜん》とした雰囲気を保っているが、部屋に呼び出された者の内、一人はあからさまな怒気を、一人は顔が青ざめるほどの緊張を見せている。

彼ら二人の呼び出しを願った私自身も、緊張で手足が強張《こわば》るのを感じていた。

「……それでは、クリスティーナ君。改めて君の話を聞こうか。君の言う『不正』とは、いったい、何の話かね？」

学園長の問いに、気付かれないように小さく息を吸う。

公爵家の力が使えない今、私にできることは限られている。放課直後に乗り込んだ学園長室で、「学園の不正を訴える」と息まいた私に、学園長は驚きの表情一つ見せなかった。ただ淡々と、私の訴えに応じ、教師二人を呼び出した。

呼び出された二人、オズワルドとプロイス先生の視線を意識しながら、私は手にしていた紙を学園長の執務机に置く。

「こちらをご覧ください」

提示したのは、本日返却されたばかりの魔術の答案用紙だ。採点を行ったのは問題作成者であるオズワルドだが、淑女科担任のプロイス先生から返却された。そのプロイス先生の顔色、返却時に既《すで》に青ざめていた彼女の顔は、今は完全に色を失っている。

「ふむ。見たが、これが何だと言うんだね？　なかなか立派な成績のようだが」

学園長の言葉に首を横に振る。「なかなか」では駄目なのだ。完璧な成績でなければ。

「学園長、私は魔術の試験に全問解答いたしました。この答案は満点だったと確信しています。ですから、点数を元に戻していただきたいのです」

こちらの要求に眉根《まゆね》を寄せた学園長は、暫《しば》しの思案の後に口を開いた。

「……君は、学園に不正を持ちかけているのかね？」

「まさか、その反対です。不正を正していただきたいとお願いしております」

言いながらオズワルドに視線を向ける。目が合った男は顔色一つ変えぬまま、口元には薄《うっす》らと笑みさえ浮かべていた。

(嫌な奴……)

その思いはお互い様だろうが、ここで彼に負けるつもりはない。自分の人生がかかっているのだ。一歩も引かぬつもりで学園長に視線を戻すと、彼はもう一度、答案用紙に視線を落とした。

「不正を正すとは、それはつまり、君はこの採点結果に問題があると言うんだね?」

「いいえ。採点というよりも、私の答案に加えられたボルツ先生による改竄《かいざん》を正してほしいと思っています」

直球でそう答えると、学園長の表情が初めて動く。

「……ボルツ先生が君の答案に手を加えたと?」

「はい」

一瞬の迷いもなく頷《うなず》いた。学園長の視線が壁際に立つ男に向けられる。

「ボルツ先生、彼女はこう言っているが、この話は事実かね?」

「いいえ、まさか。まったく身に覚えがありません」

余裕の態度で肩をすくめる男に腹が立つ。思いきり罵《ののし》ってやりたい衝動に襲われたが、拳《こぶし》を握って抑え込む。感情に任せるだけでは話を聞いてもらえない。

握り締めた拳《こぶし》に、学園長の視線がチラリと向けられた。

「ふむ。これはなかなか難しい問題だね。両者の意見がまったく異なる。だが、どちらの意見も証明するものが互いの主張だけとあっては、私も判断が難しい」

そう言って、学園長が考える様子を見せたことに少しだけ驚く。

教師であるオズワルドがこれだけはっきりと否定したのだ。過去の素行《そこう》を引き合いに、私の主張など切って捨てられる可能性もあると思っていたのに。

学園長の態度に背中を押された。握り締めていた掌《てのひら》から力が抜ける。

「……証拠はありませんが、証人ならいらっしゃいます」

大きくはない私の声に、オズワルドの隣でプロイス先生が小さく息を呑むのが聞こえた。それに、学園長とオズワルドの二人も気が付いた。二人の視線がプロイス先生に向く。

「なるほど。君がプロイス先生をこの場に呼んだのは、それが理由かね？　彼女が証人であると？」

学園長の言葉に悲愴《ひそう》な顔をするプロイス先生には悪いが、はっきりと頷《うなず》いた。

「はい。プロイス先生は、解答直後に私の答案用紙をご覧になっています」

「ほぉ？」

興味深げな学園長の言葉に被さるようにして、オズワルドが否定の言葉を吐く。

「何を馬鹿なことを。考査中に、態々《わざわざ》お前の解答を確かめたってのか？　何故《なぜ》そんなことをする必要がある？」

先ほどまでは揶揄《やゆ》するようだった彼の瞳に、今は怒りの炎がちらついている。オズワルドの問いには答えずに、私は黙ってプロイス先生を見つめた。

彼女はどこまで味方でいてくれるだろうか。私は彼女の生徒ではあるが、最早、公爵家の後ろ盾も何も持たない存在だ。彼女の良心と教師としての誇りを信じて待つしかない。

長い長い沈黙の末、プロイス先生が口を開いた。

「……私は、確かにクリスティーナさんの答案用紙を確認しました」

小さな声、それでも、はっきりと口にしたプロイス先生の言葉に、全身の力が抜けていく。

(ああ、また……)

また、私は救われた。人の善意に——

その一度目の救い、私に善意を向けてくれた男は、今、怒りに燃える瞳をこちらに向けている。

「おいおい、プロイス先生。あんた、この女に脅《おど》されでもしてんのか？　まさか、買収されてるなんてことはねぇよな？」

「いえ、脅《おど》されても、買収されてもいません。私は真実を述べています」

今にも泣き出しそうな表情のプロイス先生、彼女の血の気《ちけ》のない顔がオズワルドに向けられる。

震える唇から、か細い声が聞こえた。

「考査の日、クリスティーナさんの魔術の解答時間は、およそ十五分でした」

「はぁ？　んな、冗談みたいな話があるか」

「冗談ではありません。……ただ、私も、その場でボルツ先生と同じ判断をしました。あり得ないことだと。ですので、その場で確認しました。クリスティーナさんの答案用紙を。直接、この目で」

一語一語、区切るようにはっきりと口にしたプロイス先生に、オズワルドが沈黙する。

「私の言葉をお疑いでしたら、淑女科の生徒たち全員に確認していただいても構いません。……皆が見ておりましたから」

ここに来て漸《ようや》く、怒りか焦《あせ》りか、オズワルドが憎々しげに顔を歪《ゆが》めた。彼から顔を逸《そ》らしたプロイス先生が呟《つぶや》く。

「……私が確認したところ、彼女の答案用紙に空欄は一つもありませんでした」

彼女の視線が学園長の手元にある答案用紙に向けられた。彼女は知っているのだ。最終問題、私が確かに埋めた解答欄が空欄で返ってきたことを。

「ボルツ先生を疑いたくはありませんでした。何かのはずみ、何か理由があるのだと。……ですが、間違いなく、彼女は問題を解き切っていた。全問正解、完璧な解答でした」

オズワルドに対して、教師としての信頼があるのだろう。プロイス先生の声に涙声が混じる。

彼女を見つめるオズワルドの顔から表情が消えた。それでも、こちらに視線を向けた瞬間、その目に憎悪が宿る。彼は深く嘆息《たんそく》した。

「ハア、失敗したな。まさか、こんな形でバレるとは思わなかった」

その自嘲《じちょう》のような言葉に、彼の思惑《おもわく》を問う。

「私一人の訴えであれば、露見しないとお思いでしたか？」

「まぁな。……分かってんだろ、お前も？　自分の信用のなさってのを」

口の端《はし》を歪《ゆが》めて笑う男は、私の訴えなど容易《たやす》く握り潰せると考えたのだろう。だからこそ、誤魔《ごま》化《か》しようがないほどの点数改竄《かいざん》という無茶をした。おそらくはたった一人の少女のために。

「そうですね、確かに、私自身への信用は皆無《かいむ》です。プロイス先生のお言葉がなければ、この場の正義はボルツ先生にあったと思います。ですが……」

言いながら、こちらを鋭く睨《にら》む男の視線を跳ね返す。

「ですが、たった今から、先生も私と同じ、信用のおけない人間に成り下がった」

自分と同じレベルに堕《お》ちてきた男相手に引いてやる道理はない。暫《しば》しの沈黙の中で睨《にら》み合《あ》っているところに、学園長の声が沈黙を破った。

「ボルツ先生、では、君は自分が改竄《かいざん》を行ったと認めるんだね？」

「はい。申し訳ありませんでした」

一転、学園長の言葉には素直に頭を下げたオズワルドを、学園長は静かな眼差《まなざ》しで見つめる。

「困ったね。君の謝罪は受け入れるが、それでおしまいというわけにもいかない。点数の訂正は当然として、君には何らかの処罰が必要になる」

「承知しています。どうか、私を解雇してください」

頭を下げ続けるオズワルドが躊躇《ためら》いもなく口にした言葉に、学園長が小さく首を横に振った。

「辞職ではなく、解雇を望むのかね？」

「はい。今回の件に関して、責任があるのは私一人。学園の名誉を失墜《しっつい》させるような真似をしでかしました。懲戒《ちょうかい》による解雇を望みます」

「しかし、そうなると、今後、君が教職につくことは絶望的だよ」

「承知の上です」

元から覚悟の上だったとは思えないが、既《すで》に腹を括《くく》ったのか、いっそ潔《いさぎよ》いほどの決断を口にするオズワルドに、学園長がため息をつく。

「困ったねぇ。いったい、何だって、こんなことをしでかしたのか」

学園長のぼやきのような問いに、オズワルドは何も答えない。

(答えない、答えられないということは、やはり理由はソフィアということで間違いなさそう)

馬鹿な真似をとは思うが、彼はきっとそうせざるを得なかったのだろう。

魔術は、彼女が私に最も負けてはならない分野だ。魔術科である彼女の自尊心が傷つくだけでなく、総合成績にも大きな差が出てしまう。そうなれば、面倒なことに、元婚約者にも劣るとして、殿下の婚約者としての資質を問う声が必ず上がってくる。

オズワルドは彼なりの方法でソフィアを守ろうとしたのだ。

(……まぁ、だからこそ、余計に言えないでしょうけど)

生徒への恋情故《ゆえ》の不正など、情けなくて口にできるはずもない。

露見しなければ悪役でいられたが、バレてしまえばただの愚者。ここでソフィアを巻き込まないだけの賢明さはあるオズワルドだから、沈黙を貫《つらぬ》いたまま身を引くことを選んだのだろう。彼のその選択を理解はする。理解はするが、それは、私にとっての最善ではない。

「……学園長、私がこの件を口外せずにボルツ先生を許すと言えば、彼の処分はどうなりますか？」

「ほお？　今回の件をなかったことにすると言うのかね？」

面白いと言うようにこちらに向けられた学園長の瞳には好奇心が宿っている。しかし、彼の問いに答える前に、横からオズワルドの制止が入った。

「ハッ！　冗談は止《よ》せ。お前が俺を許す？　それで俺の弱みでも握ろうってのか？」

「いいえ、そんなつもりはありません」

「なら、情《なさけ》をかけてやるとでも？　んなもんは尚更いらねぇ」

先ほどより余程生気のある顔で睨《にら》まれる。案外キレやすい男なのか、そうでなければ、それだけ私が憎いということなのだろう。

頭に血が上りきった男の態度に、私は嘆息《たんそく》した。

「私も自分なりに、先生がこのような行為に及んだ理由を考えてみたんです。その結果、まぁ、要するに、今回のことは私に対する信頼のなさが招いた誤解ではないかと思い至りました」

口にするのはただの出まかせ。オズワルドや学園長が一応は納得できるであろう筋書きを提示する。

「今まで成績が振るわなかった私が、急に満点を取った。確かに、誰でも不審に思うでしょう。そういう意味で、先生が何らかの対処をなされようとしたことは分からないでもありません」

私の言葉に、オズワルドが何かを反論しかけたが、結局、すぐにその口を閉じた。どのみち、真実など口にできないのだから、最後まで黙って聞いていてほしい。

「ただ、誓って申し上げますが、今回の試験結果はあくまで私の実力です。妃教育から外された今、時間だけはたっぷりありますので、今まで疎《おろそ》かにしていた科目にも力を注ぐことができました」

胸を張って口にした言葉に、プロイス先生が頷《うなず》いた。

「確かに、今回のクリスティーナさんの成績は大変素晴らしく、目を見張るものがありました。全教科満点、近年にない非常に優秀な成績です」

「ありがとうございます」

こちらの主張を肯定してくれたプロイス先生に礼を言い、オズワルドに向き直る。

「そういうわけですので、私の努力を認めていただけるのであれば、私自身の今までの行いを省《かえり》みて、先生の今回の行いを不問に付《ふ》したいと考えております」

いくらか高圧的にそう告げると、返ってきたのは不快と不審に満ちた眼差《まなざ》しだった。未だ納得のいかない様子を見せるオズワルドに、言葉を重ねる。

「先生方もご存じのように、私自身、一度は王太子殿下とソフィア様に許された身です」

ソフィアの名を出したことで、オズワルドの視線が僅《わず》かに揺れた。

「この件について、私は今後一切、追及をいたしません。改竄《かいざん》に関する発表も点数訂正の発表も不要です。ただ、内部でつけられている私の成績を修正していただければそれで構いません」

こちらの要求に何も答えようとしないオズワルドに代わり、学園長が口を開く。

「……本当にそれでいいのかね？」

「はい、問題ありません。ただ、今後、同じような事態が発生しないよう学園長先生には留意していただきたいと思います。もし、私自身への疑いが解けないというのであれば、試験の際に監視をつけていただいても結構です」

「いや、そこまでするつもりはないよ。だが、そうだね。分かった、君の提案を呑もう」

そう決断を下した学園長に礼を言い、頭を下げた。

（少なくとも、教育者としての学園長先生は信頼できる）

後の処理は全て彼に任せることにして、学園長に退室を告げる。

部屋を出る間際、黙って床を睨《にら》みつけるオズワルドが視界に入った。その表情からは、彼が学園長の決定に納得しているかどうかが判断できない。

（納得していないとしても、こちらの要求は受け入れるしかないはずよ）

先ほどあっさり解雇を望んだオズワルドではあるが、本来、彼は教師という職を心から愛しており、未来ある若者を教え導くことを何よりも誇りに思っている。ゲームのキャラ設定がそうであったし、クリスティーナ・ウィンクラーとして私が見てきたオズワルドの人物評も同じだった。

（王宮魔導師の誘いすら断《た》って続けているんだから、教師が天職、なんでしょうね）

そんな彼から生きる意味を取り上げる真似はできない。全てを失って追《お》い詰《つ》められた人間ほど強く恐ろしいものはないと、実感として知っているからだ。

（……それに、情《なさけ》をかけるつもりはないけれど、借りは返しておきたいもの）

彼の本意がどうであれ、オズワルドの捨てきれなかった甘さに、私は救われた。

◆　◆　◆

（ああ、もう！　悔しい、悔しい、悔しい！）

前期考査が終わって数日、もうすぐ夏休みが始まる。それを去年までのように素直に喜べないのは、前期考査の結果が思わしくなかったせいだ。

クリスティーナに言われた言葉を思い出す。

――ソフィア様は、王太子妃教育を始められて大変なのではないですか？

（そんなこと、言われなくたって分かってる！）

総合成績でクリスティーナに一位を奪われてから、魔術科の空気が重い。みんなが私を気遣い、腫《は》れものに触るような扱いをする。おまけに、誰もかれもが「妃教育が忙しかったせいだ」と判を押したように同じ慰《なぐさ》めを口にするのだ。

確かに、妃教育の忙しさのせいで本業である学問が疎《おろそ》かになったことは認める。だけど、たとえそれが慰《なぐさ》めの言葉だろうと、何度も繰り返されれば、もう聞きたくないというのが本音だ。

今日もまた、一人きりになりたくて教室を逃げ出してきた。

（あーあ、こんな時、アレクシスがいてくれたらなぁ）

アレクシスと会って話をするだけで、憂鬱《ゆううつ》な気分なんて吹き飛ぶのに。王太子としての仕事を本格的に始めたアレクシスと次に会えるのは、三日後のお茶会。それも、王太子妃教育の合間に少し会えるだけだ。

（学園にいた頃と同じようにはいかないって分かってるけど……）

彼が傍《そば》にいない今、自分の胸の内を明かせる相手がいない。魔術以外興味のないパウルは相談相手には向かないし、こんな時に話をできる友人がいないことを初めて寂しいと思った。

フラフラと学内を歩き回り、自然と校舎裏の庭園に辿《たど》り着《つ》く。

アレクシスがいた頃は、イェルクやギレスを含めた四人でよくお茶をしていた場所。懐かしくて、つい足を運んでしまったけれど、当然、そこにみんなの姿はない。それを確かめ、余計に寂しくなる。

すぐにその場を去ろうとして、ふと聞こえた声に足を止めた。微《かす》かに聞こえる女の子の声、いや、声というよりも――

「……あの、ひょっとして、カトリナさん？」

声の聞こえてきた場所、庭園の片隅に植えられた大きな薔薇《ばら》の木の陰を覗き込むと、地面に淑女科の生徒が座り込んでいた。見覚えのある姿、過去に何度か顔を合わせたことがある彼女は、常にクリスティーナに付き従っていた貴族令嬢だ。

「えっと、大丈夫？」

その彼女が、今は一人きりで人目を避けるようにして、その目を赤く腫《は》らしていた。

「っ！　も、申し訳ありません！　ソフィア様の前でこのような恰好《かっこう》を……！」

「ううん！　いいよ、気にしないで。泣いてたんだよね？　こっちこそ急に話しかけてごめんね」

慌てて立ち上がったカトリナに落ち着くようにと声をかけたのに、彼女はますます委縮する。

「ソフィア様が謝られるようなことは何も！　私のほうこそ、見苦しい姿をお見せしてしまって」

「全然見苦しくなんてないよ。一人になりたかったんでしょう？　邪魔したのは私だもの」

「そんな、恐れ多いことでございます！　ソフィア様を邪魔になど、思うはずがありません！」

涙目で弁解するカトリナに苦笑する。こちらがどう言おうと、パニックになっているらしい彼女には通じない。その必死な姿に、小動物のような愛嬌《あいきょう》さえ感じた。

（うーん、正直なところ、カトリナのことはそんなに嫌いじゃないんだよね）

彼女には教科書を隠されたり、机にゴミを入れられたりの嫌がらせを散々やられたから、本来なら、彼女のことも憎むべきなんだと思う。実際、目の前のカトリナ自身にもその自覚があるようで、だからこそ、こんなにも私に怯《おび》えている。

ただ、私には『蒼穹の輪舞』の知識があって、彼女の行った嫌がらせは全てクリスティーナのための行動だと分かっていた。おかげで、どうしても彼女自身を憎み切れない。それに今の彼女は私と同じ立場、仲間だとも言える。

「カトリナさんも大変だね」

「え？」

「テレーゼさんたちに虐《いじ》められたんじゃない？　あの人たちって意地悪だし、クリスティーナさんのことを嫌ってたから、彼女と仲が良かったカトリナさんにも嫌なことしてくるんでしょう？」

私の言葉に、カトリナは何も言わずに俯《うつむ》いた。こんなところで一人で泣いていたのだ、当たらずとも遠からずだと思うのに、余程怯《おび》えているのか、はっきりと言葉にしない。

（テレーゼたちに、クリスティーナへの嫌がらせもやらされてたしなぁ）

彼女が寮で、クリスティーナに水をかけた時のことを思い出す。

あの時のカトリナは怯《おび》え切《き》って顔面蒼白《そうはく》だった。どう考えても、テレーゼたちに強要されての行為を拒否できなかったのだろう。あの場の直接の被害者はクリスティーナだったけれど、カトリナだって被害者の一人だと言える。

（クリスティーナはああだから、全然平気そうだったけど。カトリナは辛《つら》かったよね、きっと……）

『蒼穹の輪舞』には、所謂《いわゆる》悪役令嬢との友情エンドも存在した。その場合、立場的に孤独なクリスティーナと唯一対等に渡り合える存在として彼女との友情を築《きず》いていくのだが、その過程でクリスティーナの取り巻きであるカトリナの背景が明らかになる。

家族の縁が薄いカトリナには暴君のような父親がいて、その父親に「クリスティーナに取り入ること」を命じられている。けれど、自分に自信のないカトリナは、クリスティーナの傍《そば》にいることに引け目を感じており、彼女に気に入られるために必死になった結果、アレクシスと親しい私に対して嫌がらせをするのだ。ただただクリスティーナに気に入られるためだけに泥を被り続ける彼女に私への悪意は一切なく、時に罪悪感さえ抱いていた描写もあった。

（その必死さがちょっと可哀想で、本来なら優しい子のはずなのにって切なかったなぁ）

友情ルートでは、最後に事情を知ったクリスティーナがカトリナを諭《さと》し、二人が謝罪に訪れる。それを受け入れることで、女の子三人の友情エンドを迎えるというご都合主義の展開ではあったが、物語としては嫌いではなかったので、何度かプレイもした。

ただ、それはあくまでゲームの話、今の私に、友情エンドという選択肢は最初からない。

（友情エンドだと、クリスティーナとアレクシスは結婚しちゃうから……）

それだけは絶対に選べなかった。

けれど、ゲーム期間が終わり、アレクシスとの未来が確かになった今、私は自由だ。今なら、「選択肢」に拘《こだわ》らず、好きなように動ける。

「……ねぇ、カトリナさん。私たち、お友達になれないかな？」

クリスティーナに負かされて落ち込んでいる私と、彼女の巻き添えになって苦労するカトリナ。立場は違うけれど、クリスティーナに翻弄《ほんろう》されている者同士で仲良くなれるのではないかと、感傷的な思いがそう口にさせる。

大きく見開かれたカトリナの碧《あお》い瞳に笑いかけた。

◆　◆　◆

午後の政務の途中、何とか作り出した休憩時間に王宮の中庭に向かう。既《すで》に予定の時間を大幅に過ぎている。今日はもう会えないのではと思いながら、足早にその場に向かった。

「ソフィア！」

果たして、そこに彼女の姿はあった。中庭のテラスに設《もう》けられた茶会の席、呼んだ名に振り返って立ち上がったソフィアが、笑顔のままに駆け寄ってくる。

「アレクシス！　良かった、来てくれて！」

「すまない。遅くなった」

謝罪を口にして、目の前の少女を抱き締める。

どれくらいの時を無駄にさせてしまったのか。妃教育の合間を縫って自身との時間を望んでくれたソフィア。彼女の向けてくれる笑顔に日々の疲れが消えゆくのを感じながらも、僅《わず》かばかりの罪悪感を抱く。

その思いを押し込めて笑い、腕の中のソフィアの表情を確かめた。

久方ぶりの逢瀬《おうせ》、目が合うと満面の笑みで見上げられ、抱きついてくる彼女の腕に力が込められる。喜びを全身で表すソフィアにどうしようもないほどの愛《いと》おしさが込み上げた。

「ソフィア、今日はやけに機嫌がいいようだな？」

「それは、だって、アレクシスに会えて嬉しいから」

自分の言葉に照れたのか、己の胸に顔を埋《うず》めたソフィアの髪に触れる。赤味のある金糸を撫《な》でながら、気になっていたことを尋ねた。

「落ち込んでいると聞いていたが」

「うん。そうだったんだけど、でも、今はもう大丈夫！　ちゃんと復活したから心配しないで」

そう口にしたソフィアが無理をしているようには見えない。その表情をじっと観察すると、彼女は困ったように笑った。

「アレクシスも知ってるんだよね？　前期考査で私がクリスティーナさんに負けちゃったの」

「……ああ」

短い肯定に、抱きついてくるソフィアの腕の力が強まる。

「……私、すっごく、悔しい」

「そうか」

「うん。……でも、次は絶対負けない。頑張る」

腕の中で呟《つぶや》かれた決意に、柔らかな肢体を強く抱き締め返す。

ソフィアのこの性根《しょうね》が好きだ――

不当な評価にも理不尽な扱いにも決して膝を折らず前を向く。足りぬなら足りるまで、認められぬならば認められるまで、己を貫《つらぬ》き通《とお》そうとする強《したた》かさ。

その強さに触れる度に心が震え、彼女を支えてやりたいと願った。

願い求めた強く美しい少女が、今は己の婚約者としてこの腕の中にいる。その幸運に感謝して、彼女の名を呼んだ。

「ソフィア、あまり無理はするなよ。妃教育に時間を取られていることは確かだ。学園の成績に関しては仕方のない部分もある」

「うん。そうかもしれないんだけど、でも、それを言い訳にしちゃうのは、嫌だなって思って……」

頑張りすぎるきらいのあるソフィアの言葉に、彼女が倒れてしまわぬよう、安心させてやりたくて口にした。

「ソフィアの成績はクリスティーナに次ぐ次点だったのだ。お前があいつに劣るなどということはない。今まで、あの女は上位十名にも入らぬ成績でしかなかっただろう?」

「あ！　……そういえば、そうだった、かも」

今気付いたと言わんばかりのソフィアの反応に、小さく笑う。

確かに、今回、クリスティーナが首位を取ったことは想定外ではあったが、それであの女がソフィアに勝るということには決してならない。それは、クリスティーナをずっと見てきた己が断言できる。

「……クリスティーナには、のっぴきならぬ事情があるんだ」

言うべきか否かを一瞬だけ迷ってから、結局、ソフィアにも事情を明かすことにした。

「あの女は、定期考査で首位を取らねば学園を辞めさせられることになっている」

「えっ、退学になっちゃうの!? それは、流石《さすが》に酷《ひど》いんじゃない？」

「ハハッ！ やはり、ソフィア、お前はいいな」

予想通りのソフィアの反応に笑うと、彼女が怒った顔でこちらを見上げてくる。

「もう！ どうして笑うの？ それに、『いい』ってどういう意味？」

「すまない。だが、負けて悔しいと言いながら、相手の不幸を嘆《なげ》くことができるのはお前の良さだと思ってな。ただ、そんなお前だからこそ、下手《へた》に同情などせぬよう、あの女のことは黙っているつもりだったんだ」

「……同情はしないよ。しないようにする。でも、定期考査はクリスティーナさんに譲ったほうがいいのかな？」

案の定、「同情はしない」と言ったその口で、憎いはずの女にまで情《なさけ》をかけようとするソフィア。

そんな彼女の言葉に、首を横に振って答える。

「いや、お前が手を抜いてやる必要はない。ただ、あの女はそれだけ追《お》い詰《つ》められているのだと伝えておきたかっただけだ」

己の言葉にソフィアは頷《うなず》き返《かえ》した。それでも、どこか蟠《わだかま》りの残る様子の彼女の気を逸《そ》らすため、その頬に触れる。

「それで？　お前が『復活』したという理由については、いつ教えてもらえるんだ？」

「え？」

「落ち込んでいるソフィアを慰《なぐさ》めるのは俺の役目だと思っていたんだが、お前はもう大丈夫だと言う。……パウルにでも慰《なぐさ》めてもらったか？」

「パウル君？　え、どうして、彼なの？」

学園でいつも彼女の周りをうろついていた魔術科の男の名を挙げると、ソフィアは心底意外だというようにその目を見開いた。

「今の学園でお前の一番傍《そば》にいるのはあの男だろう？　今の俺はお前を傍《そば》で見守ることができない。お前を慰《なぐさ》めたのが他の男だと思うと、やはり妬《や》けるな」

「ち、違うよ。パウル君は関係ないし、他の男の人でもないよ！　友達ができたの！」

己が口にした戯《たわむ》れに、途端焦《あせ》り出《だ》すソフィア。必死に弁明しようとするその姿が愛《いと》おしかった。

彼女が懸命に語る「新しい友人」とやらの存在に、揶揄《からか》い半分、情報収集半分で耳を傾ける。その友人がどういう意図でソフィアに近づいたのか、相手の素性を調べ上げる必要があるだろうなと思考していた。

◇　◇　◇

夏季休暇を一週間後に控えた休日。本当に久しぶりに王都の市街地に足を運んだ。

目的はちょっとした買い物。何故《なぜ》かトリシャに招待されたタールベルクの王都邸でのお茶会に持っていく手土産《てみやげ》を探していた。

(何で、ウェスリーは止めないの)

トリシャの「二人きりのお茶会ですから、是非《ぜひ》！」という謎の勢いに負けて承諾してしまった自分のことは棚に上げて、彼女のお目付け役であるはずの男を責める。あれだけ忠告したにもかかわらず、ウェスリーはトリシャの行動をまったく止めようとしない。

(毎回、二人にはしないように警戒しているくらいなんだから、さっさと止めればいいのに)

彼の行動原理が未だによく分からない。とはいえ、一度承諾してしまった招待だ。

タールベルクの王都邸ともなると、手ぶらで訪問するわけにもいかない。自由になるお金を持たない今、菓子一つ買うにも、購入資金を作る必要がある。手元に残っている髪飾りの一つを宝飾店で売ることで資金は調達できたのだが、随分足元を見られた。

(貴族、しかも高位貴族の娘だというのはバレていたみたいね)

お金のために宝飾品を手放すのは、公爵令嬢としては体裁《ていさい》が悪い。身分を隠したかったが、腐っても貴族令嬢、一番シンプルな服でも下町に着ていけるようなものではなかった。服の上に薄手のローブを羽織《はお》り、特徴的な髪色をフードで隠しているため、「私」だとはバレていないはずだが。

（ハア、疲れた……）

精神的な疲労は大きく、休憩がてら、広場にある噴水の淵《ふち》に腰を下ろす。見るとはなしに、目の前を行き交う人たちを眺めた。虚脱して、無駄な時を過ごしているなと思うのに、動き出す気力が湧いてこない。

それは今日だけの話ではなく、ここ数日ずっとそんな状態が続いている。

（考査が終わった反動、……だとは思うけど）

そう自己分析してみても、ため息がこぼれるだけで動けない。前期考査が終わったからといって、自身の課題はまだ達成されていないというのに。まだ残り半分、後期考査が残っているし、演習試合に関しては出場できるかどうかさえ怪しい。

分かっていて、それでも、確実に一山を越えた今、張《は》り詰《つ》めていた気持ちが弛《ゆる》んでいる。

熱意の持てない虚《むな》しさに、もう一度ため息がこぼれたところで、異様な光景が視界に飛び込んできた。

（え？　何あれ……）

広場の向こう、自分の生活圏ではあまり目にしない風体《ふうてい》の男性が巨大な馬を引いて歩いている。

おそらく旅人なのだろう、立派な身の丈に合った上質なマントを纏《まと》い、動きやすそうだがカッチリとした上下の服を身につけている。ただ、暑さのためか、肘の上まで捲《まく》り上《あ》げられているシャツの袖は、そこから伸びる逞《たく》ましい腕の太さにはち切れそうになっていた。

（軍人？）

王国に騎士団はあれど、軍はない。周辺諸国にもないと知っているが、彼の人相風体《ふうてい》が、前世のイメージにおける軍人のそれで、思わず思考が混乱する。連れている馬も、彼の体格に見合う巨体で、軍馬というイメージそのものだ。

（軍人じゃないなら、騎士？　でも、王宮騎士団の騎士ではないはず）

腰に下げた剣は、彼が間違いなく「武」を身につけた人間であることを示しているが、王国の騎士は鍛《きた》え上《あ》げられた体躯《たいく》こそ同じでも、民が親しみやすいよう、もっと洗練された雰囲気を持つ。

（あんな威圧感を放ってる騎士なんて見たことないもの）

それを感じているのは私だけではないらしく、彼の周囲の人間はあからさまに彼を避けている。

周囲より頭一つは高い長身が人垣を割って近づいてくるにつれ、彼の鍛《きた》え上《あ》げられた体躯《たいく》、肩や腕、手綱《たづな》を握った拳《こぶし》、一つ一つのパーツの大きさまでが見て取れるようになった。よくよく見ると端整な顔立ちをしているのだが、如何《いかん》せん、襟足《えりあし》のない茶色の短髪に引き結ばれた口元、太い眉の下から覗く碧《あお》い眼光の鋭さに、男に近づこうという気にはなれない。

そんな異様な雰囲気の中、男に向かって突進していく小さな人影があった。

「あ」

五、六歳くらいの男の子が周囲をキョロキョロ見回しながら走っている。前を見ていないため、彼の前方にいる巨漢に気付いていない。親は、いったい、何をしているのか。

思わず立ち上がりそうになったところで、男が近づいてくる子どもに気が付いた。足を止めた男が、突進してくる男の子に向かって掌《てのひら》を広げる。

「あっ！」

「キャアアッ！」

その掌《てのひら》に見事にぶつかって転んだ男の子。その光景に、周囲から悲鳴が上がった。男の子だけが、自分の身に何が起きたのか分からずに周囲を見回している。

男の子の視線が目の前の掌《てのひら》を捉《とら》えて徐々に上を向いていく。その先にある険しい男の表情にぶつかったところで一瞬固まった。次の瞬間、男の子が大声を上げて泣き出す。

（あー、まぁ、それはそうなるだろうけれど……）

彼の立場からすれば、今の状況はどう考えても怖い。周囲も、男の子の置かれた状況のまずさに、手が出せないでいる。一見、男が子どもを払い飛ばしたようにも見えたので、彼を助けて男の不興を買いたくないのだろう。

（でも、あれは、多分……）

一部始終を見てしまったから、仕方ない。無視することもできずに、重い腰を上げる。二人に近づいて、泣いている子どもの傍《そば》にしゃがみ込んだ。

「大丈夫かしら？　どこか痛むの？」

「っ！　っ！」

一応、こちらを認識したようだが、それでも泣《な》き止《や》まない男の子の頭に触れる。見知らぬ人間からの接触に余計怯《おび》える子もいるが、その心配はなかったらしい。その子は、頭を撫《な》でてやる内に、次第に落ち着きを取り戻していった。

その間、件《くだん》の男性は何を言うでもするでもなく、隣に立ち尽くしたまま。ただ、頭上からの視線はずっと感じていた。

「……そろそろ立てる？　貴方のお名前は？　言えるかしら？」

「……テッド」

「そう、テッドと言うのね？　テッド、貴方、自分がどこから来たか分かる？　お父さんかお母さんは一緒じゃないの？」

漸《よう》く泣き止《や》んだ男の子を助け起こして、服についた汚れを払ってやる。こちらの質問に、テッドがコクリと頷《うなず》いた。

「お母さんとお買い物」

「お母さんがどこでお買い物をしてるかは、分かる？」

「……分かんない」

震える声でそう呟《つぶや》いてまた泣きそうになったテッドに「大丈夫だ」と伝えて、その手を握る。ここまで来たなら、もう最後まで付き合う覚悟を決める。ここで「さようなら」というわけにもいかないのだから。

テッドと手を繋いだまま、隣に立つ男を見上げた。初めて、その鋭い碧《あお》と視線が合う。じっと見つめられて僅《わず》かに怯《ひる》んだが、何となく、彼は断らないだろうという予感がする。

「あの、すみません。この子の親を捜《さが》すのを手伝ってもらえませんか？」

「それは……、俺は構わんが」

消極的に「諾《だく》」と答えた男性の視線が、こちらの足元、テッドを向く。途端、繋いだままの手を強く引かれた。見下ろすと、逃げ腰になっているテッドの目に再び涙が浮かんでいる。

「テッド、大丈夫よ。この方は優しい人だから」

そう伝えても必死に首を横に振るテッドの姿に、目線の高さを合わせるため再びしゃがみ込む。

「貴方、さっき、この方とぶつかったでしょう？」

「……うん」

「あれはね、テッドが、こっちの大きなお馬にぶつかりそうになったから、この方が止めてくださったの。貴方を守ってくださったのよ」

「お馬？」

そう呟《つぶや》いたテッドの視線が、男性の隣、この人混みにあって驚くほど静かに佇《たたず》んでいる漆黒《しっこく》の馬に向けられる。

「大きい……」

「ええ、そうね。テッドがこのお馬にぶつかってたら、危なかったでしょう？」

その言葉に、馬を見上げたままのテッドは小さくコクリと頷《うなず》いた。

彼が、馬の足元に飛び込む危険性をどれだけ理解しているかは分からないが、男を見上げる目から恐怖が薄れて、少しだけ好奇心を覗かせている。これなら大丈夫だろうと判断し、もう一度、男性を振《ふ》り仰《あお》いだ。

「すみません、お名前をお伺いしてもよろしいですか？」

「……フリードだ」

「フリード様。見ず知らずの方に申し訳ないのですが、この子、テッドを抱き上げてもらえないでしょうか？　巡回の騎士か知り合いにでも、この子を見つけてもらいたいのです」

「なるほど、承知した」

フリードと名乗った男性は、こちらの願いに嫌な顔一つせずに頷《うなず》いた。その硬い言葉遣いに、やはり、彼はどこかの騎士団に所属する騎士なのだろうかと考える。

（雰囲気はアレだけど、所作は洗練されている。おまけに親切で子どもにも優しいし）

実際、彼は、テッドが馬の足元に入るのを阻止しようと動いていた。馬の手綱《たづな》から手を離せなかったからだろう、上手《うま》く受け止めきれずに転がしてしまったが、テッドを邪険にする雰囲気は感じられない。だから、彼ならきっとテッドの親捜《おやさが》しを手伝ってくれるだろうと思ったのだ。

「テッド、フリード様に抱っこしてもらいましょう？　高いところのほうが、お母さんが見えるでしょう？」

「抱っこ？」

少し慣れたとはいえ、まだ恐怖は残るのか、フリードと見つめ合って固まるテッド。

私は嘆息《たんそく》し、その小さくて柔らかな身体を抱き上げる。そのまま、フリードに手渡すと、彼は抱っこではなくテッドを肩に乗せた。テッドの口から小さな歓声が漏れる。

「うわぁっ！　凄《すご》い、すっごく高い！」

はしゃぐ様子に、知らず頬が弛《ゆる》む。

彼の満面の笑みから視線を下げ、フリードに視線を合わせる。感謝の意を込めて目礼すると、スッと視線が逸《そ》らされた。その寸前、僅《わず》かに鋭さの消えた彼の瞳に既視感を覚えたが、その正体は掴《つか》めない。逸《そ》らされたままの視線をそれ以上追うことはせずに、テッドに声をかける。

「テッド、遠くまで見えるでしょう？　誰か、知ってる人はいない？」

「うーん、いない……」

首を振りながらも、懸命に周囲を見回すテッド。ただでさえ長身のフリードの肩車は十分目立っているはずなのに、なかなか彼に声をかける者が現れない。テッドと同じく周囲を見回しながら、声を上げてみる。

「すみません。テッドのご家族かお知り合いの方はいらっしゃいませんか？」

二度、三度と繰り返してみたが、反応はない。一瞬、こちらを——正確にはフリードを見て、ギョッとした顔をする者はいても、そのまま足早に立ち去ってしまう。その反応に、流石《さすが》にフリードに酷《こく》なことをさせているのでは？　と思い始めた頃、悲鳴に近い必死な声が響いた。

「テッド！」

声のしたほうを振り向くと、人波を掻《か》き分《わ》けるようにして走り寄ってくる女性の姿が見えた。同じく女性に気付いたテッドが、彼女を「お母さん」と呼ぶ。どうやら、漸《よう》やく母親が見つかったらしい。

テッドを肩から降ろすフリードを手助けして、悲愴《ひそう》な顔をしている母親にテッドを引き渡す。

「テッド、テッド！　一人にしてごめんね！　大丈夫だった⁉　怪我はしていない⁉」

「大丈夫！」

テッドの元気な一言に安心したらしい母親が、我が子を抱き締めながらこちらを振り向いた。視線を私とフリードの間で行ったり来たりさせつつ、躊躇《ためら》いがちに口を開く。

「あの、申し訳ありません。この子がご迷惑をおかけしたようで……」

「いいえ。ご家族が見つかって良かったです」

「ちょっと目を離した隙《すき》に見失ってしまって。……本当にありがとうございました」

そう言って何度も頭を下げる母親に、気にすることはないと繰り返し、テッドと手を振り合ってからその場を後にした。

フリードと並んだまま広場を離れたところで、今度は私が彼に頭を下げる。

「フリード様、不躾《ぶしつけ》なお願いにもかかわらず、ご協力いただきありがとうございました」

「いや、こちらこそ。……子どもに泣かれてまいっていたので助かった」

「お困りだったのですか？」

彼の言葉が意外で驚く。

こんな立派ななりをした男性があんなに怖い表情の下で実は困っていたのかと思うと、そのギャップに軽く笑いそうになった。

弛《ゆる》む頬を抑えながら、フリードに別れの言葉を告げる。

「では、今回のことはお互い様ということで。私はここで失礼したいと思います」

「あっ！　いや、待ってくれ！　名を、貴女の名を教えてもらえないだろうか？」

引き止められ、名を問われたことで、改めてフリードへの警戒心が湧いた。見上げると、視界に映る碧《あお》に先ほどと同じ既視感を覚える。一瞬、迷ってから、結局、口にしたのは偽名とも言えないような名だった。

「……ティナと申します」

「ティナ殿、か……」

偽《いつわ》りの名を確かめるように繰り返すフリードにチラリと申し訳なさを感じたが、彼とはもう二度と会うこともない。今度こそ本当に別れを告げ、逃げるようにして王都の人波に紛《まぎ》れ込んだ。

◆　◆　◆

タールベルクの王都邸に着いて早々、シックザールを厩舎《きゅうしゃ》に繋ぐ間も惜しんで、邸の内、トリシャの部屋に急いだ。

本来なら、強行軍での長旅に付き合ってくれた愛馬を労《いた》わるため、ブラシの一つでもかけてやるべきなのだが、今は時間がない。

(すまん、シックザール！　この埋め合わせは必ず！)

辿《たど》り着《つ》いた部屋の前、急《せ》く思いのままに扉を開け放つ。

「トリシャ！　ウェスリー！　聞いてくれ！」

「え、お兄様!? どうして、お兄様が王都にいらっしゃるの？」

「フリード様、扉が壊れるんで、もうちょっと丁寧に」

一刻も早く、この身に起きた奇跡を二人に伝えねばならない。

「聞いてくれ！ 私は天使に出会った！」

この胸の内に溢《あふ》れる、天使への熱い想いと共に――

「……はぁ、なるほど？ つまり、その女性は、フリード様のその顔面を恐れることなくフリード様の窮地《きゅうち》を救った挙句、それを恩に着せることもなく、天使のような笑顔で礼を言って去っていかれた、と？」

二人に語って聞かせた奇跡。それを聞き終えた直後のウェスリーの言葉に、若干の引っ掛かりを覚えた。

「ウェスリー、お前、年々、俺に対して容赦《ようしゃ》がなくなるな。トマスに似てきたんじゃないか？」

「恐れ入ります」

慇懃無礼《いんぎんぶれい》に頭を下げるウェスリーに口で勝てた試しがない。

「まぁ、いい。前半部分はともかく、後半に関してはその通りだ。ああ、いや、違うな。天使のよ、う、なではなく、まさに天使！ 彼女は天使そのものだった！」

「はぁ？」

「良かったですね、お兄様！ そんな素敵な出会いがあるなんて！」

眉間《みけん》に皺《しわ》を寄せたウェスリーの隣で、トリシャが瞳を輝かせて笑う。冷《さ》めやらぬ興奮に、己もトリシャに向かって何度も頷《うなず》いた。

まさか、自分の人生においてあれほど気高く美しい清廉《せいれん》な魂《たましい》に触れることがあろうとは。

おそらく、貴族の令嬢なのであろう。ティナと名乗った天使は、人目を避けるようにローブを羽《は》織《お》り、フードを被っていた。それでも、荒れた様子のない白磁《はくじ》の指先に、彼女の出自の高さが窺《うかが》えた。

(王都に住まう令嬢など、気位の高い娘ばかりだと思っていたが)

嬉しいことに、それはまったくの己の思い込みにすぎないということを知る。明らかに平民であろう子どもに戸惑《とまど》うことなく手を差し伸べ、同じく窮地《きゅうち》に陥《おちい》っていた己へも惜しみない優しさを向けてくれた令嬢。

(彼女がおらねば、俺は騎士団に捕縛されていたやもしれん)

誠に遺憾《いかん》ではあるが、過去、同じような状況で実際に捕縛されかけた身としては、ただただ、彼女の慈悲《じひ》に感謝を捧《ささ》げるしかない。いや、感謝を捧《ささ》げるだけでは足りない――

「……彼女に、何か礼の品を。女性が喜びそうなものを贈らねばならんな」

「何を言ってるんですか、フリード様。お礼って、そもそも、その方がどこのどなたかお分かりなのですか？」

「っ！　……しまった。家名を聞きそびれてしまった」

ウェスリーに問われて初めて気付く失態。かくなる上は、再び自力で彼女を見つけ出すしかない。

「明日、もう一度中央通りの広場へ行く。天使に会えるまで、何時間、いや、何日であろうと、あの場で彼女を待ち続けよう！」

「フリード様……」

「うっ⁉　ウェ、ウェスリー……？」

ウェスリーの低く押し殺した声に、部屋の温度が一瞬で下がった。

「フリード様、どうぞ、こちらへ。……トリシャ、ちょっと二人で話があるから、勉強続けてて」

やはり、父親に似てきたのではないかと思う年下の部下は、トリシャ以外に関しては中々に辛辣《しんらつ》になれる。主《あるじ》へ向けるものとは思えない目線で促《うなが》され、逆らうこともできずに部屋の外に連れ出された。

廊下に立たされたまま、ウェスリーの――トマスそっくりな瞳に見上げられる。

「それで？　フリード様は何をしに王都へいらっしゃったんでしたっけ？」

「そうだな。……今思えば、俺は俺の天使と運命の出会いをするために……」

「って、もー！　本当、何言ってんすか、あんたは！　んなわけないでしょうっ！」

言いかけた言葉は、ウェスリーの怒声にかき消された。

「フリード様もトリシャも、何で兄妹揃ってそんなチョロいんすか⁉」

「チョロ……、いや、俺のこの想いはそんな浮ついたものでは……」

「あんた、クリスティーナ・ウィンクラーを見定めるために王都まで出てきたんでしょうが！　なに色ボケしてんです⁉　自分の妹を守りに来たんじゃないんですか⁉」

「っ！　いや、それは、決して忘れていたわけでは……」

ただ少し、運命の出会いに心奪われていただけで――

「……もう、ホント、しっかりしてくださいよ。そのために、態々《わざわざ》、明日、クリスティーナ様を邸に招待してるんですからね？」

「あ、ああ……」

「ちゃんとフリード様の目で見定めていただいて、トリシャの害になりそうなら、そのご尊顔でクリスティーナ様を追っ払ってもらわないと。俺は、フリード様の人を見る目だけは信頼してるんですから」

酷《ひど》い言われようだが、次第に勢いの失われていくウェスリーの最後の一言からは、彼の不安な心情が窺《うかが》えた。その不安がトリシャを想ってのことだと分かるから、素直に謝罪を口にする。

「すまん、少々、我を失っていたようだ」

「いえ、まぁ、それは割といつものことなんでいいんですけど。明日のクリスティーナ様のこと、よろしくお願いしますね」

「ああ。大丈夫だ、任せておけ」

力強く頷《うなず》くと、少し困ったような顔をしたウェスリーが、仕方ないとばかりに嘆息《たんそく》した。

「……何か、そのご令嬢の手がかりはあるんですか？　住まわれている場所とか」

手を貸してくれる気になったらしい彼の問いに答える。

「名は教えてもらえた。ティナ嬢だ。どこに住んでいるかは聞いていない」

「うーん、家名も住む場所も分からないティナ嬢。それだけでは、流石《さすが》に何とも……」

言葉を濁《にご》したウェスリーの言わんとすることは分かる。だが、己に彼女を諦める気はまったくなかった。必ず見つけ出し、まずは、贈り物と共に改めて今日の礼を伝えよう。それから――

「……今のところ、パッと浮かぶ『ティナ』という名のご令嬢が、カンダル子爵家とシュピラー伯爵家にいらっしゃいますが」

「それだ！　そのどちらかが、私の天使に違いない！」

ウェスリーの言葉に確信を持って頷《うなず》くと、彼からは白《しら》けた眼差《まなざ》しが返ってきた。

「……いらっしゃいますが、御年、三歳と十二歳であらせられます」

確信を大きく外して黙り込む己に、ウェスリーが難しそうな顔をする。

「後は、年頃の女性で言うと、先日、ホイアー家へ嫁《とつ》がれたクラッセン伯爵家のご令嬢が、ティナ嬢だったかと記憶しています」

「嫁《とつ》ぐ!?　俺の天使が既婚者だというのか!?」

突き付けられた現実に絶望する。だが、確かに、あれだけの美しさと優しさを兼《か》ね備《そな》えた彼女のことだ。既《すで》に他人《ひと》のものである可能性は十分に考えられた。

暗くなっていく視界に、ウェスリーの迷うような声が聞こえる。

「……他に考えられるとしたら、王都の富裕層であれば貴族階級とそう変わらない生活をしている者もいます。ティナ嬢も、そういった階級の方かもしれません」

「確かに！　確かに、それはあり得るな！」

その言葉に光明が見えた。勢い込んで顔を上げると、ウェスリーが軽く肩を竦《すく》める。

「まぁ、そうなると、結局、ティナ嬢がどこのどなたなのか、雲を掴《つか》むような話になってしまいますが」

「いや、いい。それでも、俺の天使が人の妻だという可能性よりはよっぽど救われる」

（……これはやはり、明日、もう一度広場へ行ってティナ嬢を捜《さが》し出《だ》すしかないな）

そのためにも、クリスティーナ嬢との面会は早々に終わらせてしまおうと心に決めた。

翌日。

結局、我慢しきれずに、朝早くから邸を抜け出して王都の中心街に向かった。

半日かけて広場を中心に街中をうろついてみたが、何の成果も得られず。トリシャとの茶会の時間を迎えたところで、後ろ髪を引かれる思いで広場を後にした。

（手がかりさえ見つからず、か……）

収穫のなさに、彼女とは二度と会えぬのではないかという不安に襲われる。胸が重く苦しい。初めての感覚を上手《うま》く処理できずに、思わず呻《うめ》き声《ごえ》が漏れた。

焦燥《しょうそう》で胸が押し潰されそうになっている。

そもそも貴族令嬢であれば、供も連れずに街中へ出ることが珍しい。あれはお忍びで、滅多にない状況だったのではないかと思い至る。再会できるとしたら、もっと別の場所、王都の令嬢が好みそうな場所でだろう。

（クソッ！　こんなことなら、夜会服の一つも持ってくるべきだったな）

領地を出る際、トマスに押し付けられそうになった衣類などの余計な荷物は全てその場に置いてきた。最速で王都へ向かうためにはそうせざるを得ず、王都邸には最低限の着替えしか備《そな》えていない。

今までは、面倒だとしか思えなかった王都の社交。今なら、可能性が少しでもあるのなら、茶会だろうが夜会だろうが、どこへだって出かけるというのに。

後悔に苛《さいな》まれながら帰り着いた邸、玄関扉の前で、ウェスリーによる出迎えを受けた。

（……いや、これは、出迎え、か？）

憤怒《ふんぬ》の形相で腕組みしてこちらを睨《にら》み上《あ》げる姿は、とても主《あるじ》を迎えるものとは思えない。

「……フリード様、遅いです」

「すまん」

静かに怒りを向けてくるウェスリー曰《いわ》く、件《くだん》の令嬢はとっくに到着して、トリシャは既《すで》に二人きりのお茶会を始めているらしい。

ウェスリーに急《せ》かされ、街へ出ていたそのままの恰好《かっこう》で、茶会の席、中庭のテラスに急いだ。

見えてきたのは、テーブルに向かい合って座る二人の少女の姿。トリシャの向かい、こちらに背を向けて座る令嬢の下ろしたままの金糸が、陽光を受けて銀に近い輝きを放っている。

なるほど、高位の貴族令嬢らしく手をかけているのだなと認識しながら、そう言えば、ティナのフードから僅《わず》かに覗いていた髪も金色だったと思い出す。手がかりを一つ思い出して浮き立つ気持ちを抑え、二人の会話が聞こえる距離まで近づいた。

そこで漸《ようや》くこちらの存在に気付いたトリシャが、己を呼ぶ。

「お兄様！」

トリシャの言葉に、その女《ひと》が振り向いた――

（なっ⁉　まさか……！）

見つめ合った数瞬、まるで、時が止まったかのような感覚を覚える。無機質だった顔《かんばせ》が、こちらを認識して僅《わず》かな表情を見せた。

どうやら、彼女も己に気付いてくれたらしい。

急《せ》く気持ちを押し殺し、彼女までの数歩を縮める。そのまま、自らの運命の足元に跪《ひざまず》く。正しい作法とは異なるが、騎士としての敬意と男としての誠意を込めて――

「クリスティーナ・ウィンクラー殿、我が剣を貴女に捧《ささ》ぐ。どうか、結婚を前提に、私とお付き合いいただけないだろうか？」

「え？」

碧《あお》の瞳が僅《わず》かに見開かれた。呆《ほう》けたような声を出した彼女の向こうで、トリシャの歓声が上がる。

「キャァアアアア！　お兄様、素敵っ！　それって、すっごく素敵です！」

「フリード様っ⁉」

ウェスリーの制止の声も聞こえたが、今は目の前の彼女しか見えない。訝《いぶか》しげな顔をする俺の天使。そんな表情までが愛らしく、この上なく輝いて見えた。

◇　◇　◇

目の前で起きている事態に困惑するが、理解するには情報が少なすぎると判断した。状況を打開するため、困惑の原因であるフリードに声をかける。

「フリード様、どうぞお立ちください。このままではお話をすることも叶いません」

「ああ。では、失礼する」

こちらの求めに素直に応じたフリードは立ち上がり、空《あ》いていた席に腰を下ろした。

（……ああ、そういうことだったのね）

最初から用意されていた三つ目の席。ウェスリーのためかと思っていたその席は、元々、この人のために用意されたものだったらしい。

北の雄、フリード・タールベルク辺境伯――

昨日出会ったばかりの男性の正体を知り、色々と納得がいった。

魔との境界を守るタールベルク家は武勇に優れ、歴代の当主もその名に相応《ふさわ》しい猛者《もさ》ばかりだと聞いている。王都にあっては異様な彼の風体《ふうてい》も、かの地で育まれたものだと言われれば頷《うなず》けた。それに、彼が王都にいる理由も。

（要するに、私に釘を刺しに来たということね。『妹に近づくな』と……）

ウェスリーの話から、当代であるフリードが妹のトリシャを慈《いつく》しんでいることは窺《うかが》い知《し》れた。おそらく、ウェスリーが判断を仰《あお》ごうとした大人とは彼のことなのだろう。

ウェスリーの注進により私に会いに来た、タールベルクの当主だった。大事な妹に「評判の悪い女」が近づいているのだ。兄として、家長として、それを正そうと考えるのは当然だ。

(けど……、何でいきなり求婚なの?)

そこだけはどう考えても納得のいく答えが浮かばない。

これがたちの悪い冗談、というのならまだ分かる。けれど、彼は騎士の誓いの形を取った求婚を口にした。求婚の本来の作法とは異なるものの、冗談では済まされなくなる分、心臓に悪い。

彼の真意を確かめたくてその表情を窺《うかが》うと、厳《いか》めしい顔のフリードと視線が合う。フリードの顔が一瞬で首元まで赤く染まった。

(え……?)

「まあ! お兄様ったら、クリスティーナ様に見つめられただけで真っ赤になってる!」

「グッ! いや、あの、違う! 違うんだこれは! 少々緊張してしまって!」

妹の容赦《ようしゃ》のない言葉にフリードの表情が崩れる。目まで潤《うる》んでいるように見えた。何やら言い訳らしきことを口にする彼に、ウェスリーの呆《あき》れたようなため息が聞こえる。

「フリード様、ちょっと、節操なさすぎじゃないですか? さっきまで、別のご令嬢のことを『天使だ天使だ』って騒いでたじゃないですか」

「別ではない! ティナ殿だ! クリスティーナ殿がティナ殿だ!」

「は?」

「俺が昨日出会った天使は、こちらのクリスティーナ・ウィンクラー嬢のことだ！」

訝《いぶか》しげなウェスリーの声に、身振り手振りも交えて懸命に伝えようとしているフリード。彼の言葉の意味を理解したウェスリーが、困ったような視線をこちらに向けた。

「あー、えっと、じゃあ、それって、フリード様、偽名使われたってことじゃ……」

その視線から、そっと顔を逸《そ》らす。今更ながら、偽名を使ったことへの後ろめたさを感じていると、何故《なぜ》か、フリードが嬉々とした声を上げた。

「なるほど！　確かに、貴族令嬢が見ず知らずの男に名を明かすなどという危険を冒《おか》すわけにはいくまい。いやぁ、流石《さすが》はクリスティーナ殿。賢明であらせられるな！」

「えー？　そうなります？」

フリードの前向きな思考にウェスリーが口を挟むが、彼の耳には届いていないらしい。

「クリスティーナ殿。私も、昨日は家名を名乗り損ねていた。改めて名乗らせてほしい」

そう言って、胸に手を当てたフリードが軽く頭を下げる。

「フリード・タールベルクだ。どうか、フリードと呼んでくれ、私の天使」

フリードの言葉に軽く眩暈《めまい》がした。辺境伯閣下の名を敬称なしに呼べるはずがないし、最後の「私の天使」という呼び方については深く考えたくもない。

「……フリード様は、昨日と雰囲気がお変わりではありませんか？」

「ああ、すまない。昨日は緊張故《ゆえ》に上手《うま》く話せず、無礼をはたらいてしまった。どうか許してほしい。私は、貴女に嫌われては生きていけない」

「……いえ、無礼などとは思いませんでしたが」

むしろ、距離感は昨日くらいに戻してもらいたい。何故《なぜ》、こうもグイグイ来るのか。

クリアにならない思考に、トリシャの弾むような声が聞こえた。

「素敵だわ！　お兄様が一目惚《ひとめぼ》れした相手が、まさか私のお姉様だったなんて！」

「なに？　一目惚《ひとめぼ》れ……、そうか、これは一目惚《ひとめぼ》れというものか」

「お兄様がお姉様と結婚されたら、お姉様がホンモノのお姉様になるのね！」

「なるほど、一目惚《ひとめぼ》れか。悪くはないな……」

目の前で好き勝手言い合う兄妹の会話に唖然《あぜん》とする。

(何？　何なの、これは？)

答えを求めて、盛り上がる二人から視線を外してウェスリーを見つめた。けれど、彼にも理解不能なのか、力なく首を横に振られる。

「ティナ、クリスティーナ殿」

名を呼ばれて視線を戻すと、フリードの熱っぽい視線に囚われた。右手が、彼の大きな両手に包まれる。

「どうやら、私は貴女に一目惚《ひとめぼ》れしてしまったようだ。この身を少しでも憐《あわ》れと思うなら、どうか、私の妻になってもらえないだろうか？」

(……これが演技なら、凄《すご》い)

彼の熱に包まれた右手が熱い。真っ赤な顔で、真っすぐに伝えられる想い。その瞳の熱は本物にしか見えなかった。

もし、これが私を妹から遠ざけるための作戦なのだとしても、偽《いつわ》りでここまでできるのなら、いっそ、感心する。

彼の熱に引きずられていることを自覚しながら、フリードの提案について考えてみた。

条件だけを見るなら、辺境伯閣下は結婚相手として申し分ない。むしろ、父が持ってくるであろう縁談に比べれば、各段に上等な部類に入るだろう。今の私が本来は望むべくもない良縁であるのは間違いなかった。

それでも、この場で答えを返すことはしない。

「私はウィンクラーの娘です。父の許可なく、お返事を差し上げることはできません」

返事を保留にした、父に丸投げしたと言ってもいい私の言葉に、フリードは破顔する。

「そうか！　ありがとう、クリスティーナ殿！　では、早速、お父上に貴女との婚約を申し込もう！」

一点の曇《くも》りもなく、幸せそうに笑うフリード。笑うと、彼の眼光の鋭さが少し弱まる。そうしていると彼の瞳がトリシャそっくりだ、ということに気付いた。

（ああ、昨日の既視感の正体はコレだったのね）

碧《あお》い瞳をじっと見つめている内に、フリードの笑みが更に深まる。厳《いか》つい印象が薄まった彼を、気の迷いか、一瞬、可愛いとさえ思った自分に動揺した。

（本気で、父に申し込むつもりなの……？）

政略的な観点から見ても、タールベルクとの縁は良縁だ。彼が本気で婚約を申し込めば、父が受け入れる可能性は高く、父が彼に嫁《とつ》げと言うなら、私は「諾」と答えるしかない。私にとっても、それが最善の選択肢。

そう思う心の奥で、ジワリと湧き上がる不安を感じていた。

茶会が終わった後も、フリードの求婚に終始興奮気味のトリシャが、「夕食を共に！　泊まっていかれても！」と引き留めようとするのを何とか宥《なだ》めすかして、タールベルク邸を後にした。

寮へ帰り着いたのが夕食前。食堂で一人の夕食を終えたところで、王都邸より、予定にはなかった父の遣いが訪れた。迎えだという侍従に連れられ、邸に帰る。

父からの急な呼び出し、その時点で既《すで》に予感はあったが――

「タールベルク伯から、お前に婚姻の申し入れがあった」

帰るなり呼びつけられた書斎で父に告げられた言葉に、やはりと思う。思うが、予想以上の展開の速さに、返事を僅《わず》かに躊躇《ちゅうちょ》した。

フリードとは昨日が初対面、正式に名乗り合ってから未だ数時間しか経っていない。だが、そんな娘の躊躇《ちゅうちょ》を父が気にかけることはなかった。

「お前は辺境伯に嫁《とつ》げ。だが、相手が辺境伯では、色々と勘繰る者が出てくるだろう。婚約の公表は、お前が学園を卒業してからだ。殿下との婚約が破棄されてまだ日が浅いからな……」

婚約を破棄された私の次の相手が辺境伯では出来すぎている。王家と辺境を天秤にかけたと、父は疑いさえ抱かれたくないのであろう。

フリードとの婚約を既《すで》に決定事項として話す父に、やはり私は「諾《だく》」と答えるしかない。これ以上の条件の相手など望みようもないのだから。

父の視線が、探《さぐ》るようにこちらを見つめる。

「ふん、今回は逆らわんか。……学園も、最早、通う意味もないが、それでも辞めぬと言うなら、当初の予定通り首席で卒業しろ。それは変わらん」

「……はい」

自分でもこれが最善だと納得したはず。揺れる心に言い聞かせているところに、突然の問いを向けられた。

「クリスティーナ、お前は、北の辺境領についてどれだけのことを知る？」

「……私が知るのは、十五年前の大侵攻で一時大きく衰退《すいたい》したこと、陛下のご助力により、経済は侵攻以前と変わらぬまでに回復したものの、武力、辺境騎士団の勢力に関しては、侵攻前と比べ三分の二程度に低下したままだということです」

「まぁ、概《おおむ》ねその通りだ」

こちらの答えに一つ頷《うなず》いてから、何かを考え込み始めた父の姿をぼんやりと眺める。

北の辺境を知識としては知っていた。アンファング国において、唯一、魔境に接するタールベルクは国の要所であり、対魔物侵攻において欠かすことはできない。

父が、その辺境との繋がりを重要視していることも知ってはいたが、そこに自分が嫁《とつ》ぐことになろうとは想像もしていなかった。

「クリスティーナ、夏季の休暇はタールベルクで過ごせ」

端的に告げる父の言葉に、その真意を知りたくて、返事はせずに続く言葉を待った。

「……伯よりお前に誘いが来ている。一度、タールベルクを見に来ないか、ということだ。ちょうどいい。私も、かの地については調査報告書以外の情報が欲しいと思っていたからな。行って、お前の目で見定めてこい」

「承知しました」

そう返事をすると、言うだけ言って満足したらしい父に退出を命じられる。

父の執務室を出て、そのまま自室に向かった。予定外の帰宅にもかかわらずきちんと整えられたベッドに倒れ込み、脱力する。

(何でだろう。どうしてこんなに……)

気持ちが塞《ふさ》ぐのか。自分の内にある誤魔化《ごまか》しようのない感情と向き合う。

フリードとの婚約はどう考えても最善。いずれ、誰かに嫁《とつ》がねばならないことは分かっていたし、それを拒否するつもりもなかった。多少の年齢差――フリードとは十も離れていないはず――は貴族社会ではままあること。タールベルクならば、家格も釣り合い、経済的にも恵まれている。フリード自身が私に気持ちがあるようなことも言っていた。何より、タールベルクは名門、武の誉《ほま》れだ。彼に嫁《とつ》げば、私を「王太子殿下に捨てられた女」と揶揄《やゆ》する者はいなくなる。

(分かってる。分かってるけど、でも……)

嫌、なのだ——

どうしても否定できない感情、彼との婚姻を「嫌だ」と思う自分がいる。

(本当に贅沢《ぜいたく》な話。あちらから望まれて、騎士の誓いまで立ててもらったのに)

本来なら、騎士が自身の主《あるじ》に剣を捧《ささ》げる許可を求め、主《あるじ》が許せば成立する騎士の誓い。

フリードが口にしたのは忠誠ではなく求婚だったが、私が承諾していれば、それは騎士としての彼を縛るものになっていた。だから、彼の想いに疑念はあれど、彼に裏切られる心配はないとも感じている。

(このまま何も考えずに結婚しても問題ないくらい。学園だって、別に苦労して通う必要は……)

そこまで考えて、気付く。この感情の理由。フリードに望まれて、何故《なぜ》受け入れたくないと思うのか。

嫌なのは、彼との結婚ではない。

嫌なのは、結婚という逃げ道を受け入れること、自分の弱さを認めてしまうことだ。

(ああ、もう！　本当、馬鹿みたい……！)

今の私は、全てを投げ出してフリードの妻の座に納まることが許される。もう、不安に怯《おび》えることも、何かを努力する必要もない。かつてと同じとまではいかなくとも、皆が羨望《せんぼう》する立場に返り咲けるのだ。

私が自分自身に課した目標など、誰も気に留めもしないのだから——

なのに、どうしても、そこから逃げ出す自分が許せなかった。たとえ熱意を失っていようと、自身が口にしたものをなかったことにはできない。そんな「私」はあり得ない。

自分の弱さを認めない驕心《きょうしん》に、身動きがとれなくなる。

「このタイミングで求婚なんて、間が悪すぎる……」

フリードが悪いのではない。分かっていても、彼への恨み言が口から勝手にこぼれ落ちた。

◆　◆　◆

王都邸にある自身のために設《しつら》えられた執務室。その中をただ意味もなく歩き回る。

いや、意味はある。歩き回っていなければ今にも爆発してしまいそうな想いを、物理的に発散していた。

「……何やってるんですか、フリード様」

執務室の扉が開き、そこから顔を覗かせたウェスリーに大股で歩み寄る。

「返事か!?　ウィンクラー公からの返事が来たか!?」

「いや、来ないっすよ。今何時だと思ってるんですか。深夜ですよ、深夜」

「……そうか」

ウェスリーの返答に落胆し、また先ほどまでの作業に戻ろうとすると、腕をグイと掴《つか》まれた。

「いや、だから、深夜なんですって。繁殖期のレッドベアみたいにグルグルしてないで、さっさと寝てくださいよ」

「無理だ」

己の返答に、腕を掴《つか》むウェスリーの手に力が籠《こも》った。その手を振り払い、自身の髪を掻《か》き上《あ》げる。

「落ち着かないんだ！　まったく眠れる気がしない！　寝ている間にウィンクラー家から求婚の返事があったらと思うと！」

「ないですって。こんな時間に手紙寄越すとか、どんだけ非常識なんだって話ですよ。遣いに出される人間のことも考えてください」

「いや、しかし！　公には『返事を貰《もら》えるまでいつまででも待つ』とお伝えしてある！」

「重っ！」

言って嫌そうな顔をするウェスリーの姿に、少しだけ冷静さが戻ってくる。

確かに、彼の言う通りだ。こうやってここでただグルグルしているよりも、余程有意義な時間の使い方がある。

「ウェスリー、既製品でいいんだが、この辺りで流行《はや》りを押さえた服を買える店はないか？」

「は？」

「クリスティーナ嬢を外出に誘おうと思う。公より求婚の返事がいただけるまでに、少しでも俺のことを知ってもらいたい」

断られる可能性が高いが、それでも、何か行動せずにはいられない。

「ただ、どこかに誘おうにも、外出着を持ってきていない。手持ちの服では淑女であるクリスティーナ嬢には呆《あき》れられてしまうだろう？　だから……」

「無理」

こちらが全てを言い切る前に、一言で切って捨てたウェスリーが深々とため息をついた。

「そもそも、王都にフリード様の体格に合う既製服なんてあるわけないじゃないですか」

「そうか、やはり難しいか。では、至急仕立て屋を手配してくれ。給金を弾めば、夜会服は難しくとも外出着程度ならば何とか間に合うだろう」

今すぐに仕立て屋をと告げた己に、低い声が返ってくる。

「……フリード様、ホント、何しに王都に来たんですか」

「俺の運命《クリスティーナ》に出会うためだ」

断言すると、ウェスリーが胡乱《うろん》な目を向けてくる。

だが、当初とは目的が多少異なるが、クリスティーナに会いに王都へ出てきたことは紛《まぎ》れもない事実。これが運命でなくて何だと言うのか。

「……ハァ、もういいです。分かりましたよ。それじゃあ、クリスティーナ様にはお会いできたんですから、とっととタールベルクに帰ってください。……本当、面倒が増えるだけなんで」

最後に本音らしきものが交ざったウェスリーの言葉に、首を横に振って答える。

「公より、クリスティーナ嬢への求婚の返事を頂くまでは帰れん。……それに、できれば、帰りはクリスティーナ嬢もお連れしたいと考えている」

「え、タールベルクにまでお連れするつもりですか？　流石《さすが》に気が早すぎません？」

「……避暑には良いと思うのだ。だから、その、学園の夏休暇をタールベルクで過ごさないかとお誘いしている」

言いながら、また、気持ちが落ち着かなくなってきた。

貴族の婚姻は政略的な側面が強い。クリスティーナ嬢が拒絶しなかったのをいいことに、さっさと公爵家へ正式な婚姻の申し込みをしたのは、そうした考えがあったからだ。拒まれない内、逃げ出されない内に、己は彼女を囲い込もうとしている。

(彼女には申し訳ない、とは思うが……)

殿下との婚約が破棄されたとはいえ、クリスティーナ嬢が美しく聡明《そうめい》な女性であることは疑いようもない。彼女の過去など気にせず「妻に」と望む者は多いだろう。学園を卒業し、正式にデビューした後であれば、彼女は間違いなく高嶺《たかね》の花となってしまう。

(彼女と出会えたのが、今この時で、俺は本当に運が良かった)

だが、それは、他に先んじることができたというだけの話で、彼女の心が己にないことは十二分に承知している。

「……来てくれると思うか？」

思わず、弱気な本音が口をついた。

クリスティーナ嬢が婚姻という家同士の契約には逆らえなくとも、婚姻前に時間を費《つい》やしてまで辺境を訪れる必要はない。そこは、彼女の気持ち次第、好悪の感情一つで決まる。

「……そこまで心配しなくても、婚約が成立すれば遊びに来てくれると思いますよ」

「そう、思うか？」

ウェスリーの言葉に、少しだけ気持ちが浮上する。

「ええ。まぁ、ぶっちゃけ、フリード様の誘いだけじゃ難しいかもしれませんけど。トリシャに伝えればいいんですよ。大喜びで、お姉様をタールベルクまで引っ張っていきます」

「……それは、どうなのだろうな？　クリスティーナ嬢の気持ちは？」

自身の所業を棚に上げ、トリシャの我儘《わがまま》に振り回される彼女を案じると、ウェスリーは軽く肩を竦《すく》める。

「ああ、大丈夫ですって。あの人、なんやかんやでトリシャには甘いって言うか、邪険にし切れないんですよ。押したら行けます」

「それは……」

何とも羨《うらや》ましいと思う自分は浅ましい。

だが、今は妹の助力に頼ってでも、クリスティーナ嬢に傍《そば》にいてほしい。このまま彼女と離れ離れになることには耐えられそうにない。

出会って数日。既《すで》に、彼女を恋しく想う気持ちに押し潰されそうになっていた。

第四章　恋に落ちる

結局、時を置かずして、私とフリードの婚約は成った。

彼と出会って三日目――婚姻の申し込みをされた翌日には、父とフリードの間で内々の契約が交わされた。内々の約定《やくじょう》としたのは、やはり王家とタールベルク家両家の体面を慮《おもんぱか》ったためだ。

（婚約破棄直後は、あれだけさっさと嫁に出そうとしていたのに……）

廃棄するかのように家を出されそうだったことを考えると、今回の婚約は上々。こちらを尊重した手順を踏んでくれるフリードには感謝してもしきれない。

それでもまだ、心は晴れなかった。

「お姉様？　ご気分が悪いのですか？」

「……いいえ、大丈夫よ」

余程憂鬱《ゆううつ》な顔をしてしまっていたのか、タールベルク家の大型馬車の中、対面の座席に座るトリシャが心配そうに声をかけてきた。

「タールベルクまではまだまだ遠いんです。お姉様は長旅に慣れていらっしゃらないでしょう？もし、少しでも疲れを感じるようでしたら遠慮せずにおっしゃってくださいね。すぐに宿を取って、お休みいただけるようにしますから」

「ありがとう。でも、本当に大丈夫だから、心配しないで」

タールベルク領までは片道一週間の長旅だが、既《すで》にその日程の半分を消化していた。それでも大した疲労を感じていないのは、この大型馬車のおかげだろう。

ウェスリー曰《いわ》く、トリシャの王都行きのために特別に作らせたという馬車は、振動が少なく身体への負担が軽い。おまけに、広い空間をトリシャと二人きりで使わせてもらっているのだから、これで疲れたなどと言ってはいられない。

「私なんかよりよっぽど、フリード様やウェスリーのほうが大変でしょう？」

二頭立て馬車の御者《ぎょしゃ》役をこなしているウェスリーは、私たちのようにクッションに埋もれるわけにもいかない。フリードに至っては休憩時間以外はずっと馬上の人、護衛役を担《にな》ってくれている。

「お兄様たちはいいんです！　好きで、ああしてるんですから！」

迷いなく言い切ったトリシャは、満面の笑みを浮かべている。彼女に誘われて辺境行きを決めたその日から、トリシャはずっとこの笑顔を絶やさない。

（どうして、私相手にここまで慕《した》ってくれるのかしら……）

これだけ素直に慕《した》ってもらえることは素直に嬉しい。ただ、トリシャを「いい子」だと思うからこそ余計に、彼女から向けられる好意に心苦しくなることがある。

「あの、お姉様、ひょっとして、無理をされていますか？」

「え？」

「タールベルクにお誘いしたこと、もしや、ご迷惑だったかもと……」

こちらの顔色を窺《うかが》ったのだろうが、トリシャがこういう発言をするのは珍しかった。良くも悪くも一直線な彼女が口にした「後悔」に、少しだけ驚く。

「その、私は辺境育ちですし、自分の家に帰るだけなので何ともなかったんですが、よく考えたら、お姉様は王都育ちで、ひょっとして、タールベルクを恐ろしいとお思いなのではないかと……」

「恐ろしい？」

「はい。タールベルクでは、領内に魔物が出ることもありますので。……あの、けど、でも、大丈夫なんですよ？　お兄様はお強いですし、ああ見えて、ウェスリーも結構強いんです。いつも護衛をしてくれて、私、魔物に襲われたことなんて一度もありません！」

トリシャが懸命に言葉を紡《つむ》ぐ。

「だから、あの、お姉様も大丈夫です！　お姉様のことはお兄様が絶対にお護《まも》りしますから！」

必死に言《い》い募《つの》るトリシャを眺めながら、彼女の育った世界を思った。

（……素敵ね）

心の内で呟《つぶや》いた本音、それを口にする代わりに彼女の杞憂《きゆう》を払う。

「辺境騎士団の強さは私も聞き及んでいるから、何も心配はしていないわ」

「そ、そうなんです！　タールベルクの騎士団はとっても強くて、女性の騎士も多いんです。お姉様にも女性騎士をたくさんお付けします！」

「女性もいるの？」

「はい！　タールベルクは武の家ですから、男女関係なく強い人間が大勢集まっています！　私の母も、父に仕《つか》える騎士の一人でした！」

余程誇りに思っているのだろう、両親のことを口にしたトリシャの笑顔が輝く。

「先代の辺境伯ご夫妻ね？」

「はい。私には、父と母の記憶はありませんが、みんなが二人の武勇伝を話してくれるんです。父と母がどれだけ強かったか、どれだけ多くの人たちの命を救ったか……」

両親の姿を語りながら、次第に言葉の勢いを失ったトリシャの瞳に憂《うれ》いが宿った。

「タールベルクの人間は男も女も関係なく強い。強くなくちゃいけない。……でも、あの、ご存じのように、私は剣も魔法も使えません。私だけが戦う力を持たない弱い存在で、みんなに護《まも》ってもらってばっかりなんです」

トリシャの声が震えている。自らの「弱さ」を嘆《なげ》く彼女に、先ほど呑み込んだ本音を口にした。

「……なら、護《まも》らせてあげればいいのではない？」

「え？」

「フリード様やウェスリー、貴女の周りの人たちは貴女がいるから戦える。貴女を護《まも》るために強く在ろうとするのでしょう？　……ただそこにいるだけで頑張れる存在なんて、私は凄《すご》いと思うし、素敵だと思うけれど？」

「お姉様っ！」

心のまま伝えた言葉に、トリシャの笑顔が戻った。馬車の中、飛びついてきた柔らかな身体に抱き締められる。

（……そうね。いっそ、羨《うらや》ましいくらいに素敵だと思うわ）

私は、彼らほどの思いで誰かに護《まも》られたことも、誰かを護《まも》りたいと思ったこともなかった。

北への残りの日程を無事にこなし、王都を経って七日目に、漸《ようや》くタールベルクの地を踏むことができた。

「……お帰りなさいませ、フリード様、トリシャ様。ご無事でのお戻り、何よりでございます」

使用人一同による出迎えを受け、中央に立つ家令らしき男性の挨拶《あいさつ》にフリードが鷹揚《おうよう》に頷《うなず》き返《かえ》す。

「うむ。道中何事もなく帰ってこられたからな。案ずるようなことは何もない」

そこまで言ったフリードの手が、軽くこちらの背に添えられた。

「そんなことよりも、トマス！　こちらが手紙で知らせた我が運命の乙女！　クリスティーナ・ウィンクラー嬢だ！」

大音声《だいおんじょう》で行われた私の紹介に、その場に微妙な空気が流れた。おそらくこれは、余計な修飾文のせいだけではないだろう。

「……ようこそ、タールベルクへ。お待ちしておりました、クリスティーナ様。タールベルクの内向きを預かります、トマス・シュミットにございます」

「出迎え、感謝します」

家令の名乗りに軽い頷《うなず》きで返した。告げられた名に尋ねてみたいことはあったが、場の空気がそれを許さない。

（それは、まぁ、そうでしょうね……）

妹に纏《まと》わりつく悪女を追い払いに行ったはずの領主が、何をどうしてそうなったのか、その悪女に婚約を申し込み、あまつさえ、領地まで連れ帰ったのだから、彼らの反応が微妙なものになるのは当然のこと。先触れは出してあったようだが、それでも、今の彼らの心中を思えば、敵意を見せられないだけ破格の待遇と言える。

そんな微妙な雰囲気に気付いた様子もなく、フリードは領主館に向かって歩き出す。邸というよりも要塞《ようさい》に近い造りの領主館へ導かれ、私は終《つい》の棲家《すみか》になる予定の無骨な建物に足を踏み入れた。

「……天井が高いのですね？」

「ん？　そうだろうか？　非常時にはここが領民の避難所になるため、広い造りにはしてあるが」

エントランスの開放感に圧倒された私の言葉に、周囲を見回したフリードの目が遠くを見る。

彼には見えているのかもしれない。過去、この場所が実際に領民を受け入れた時の光景が――

「あ！　いや、だが、非常時というのは滅多にないことだ！　クリスティーナ殿は気にすることなくこの地での滞在を楽しんでくれ！」

焦《あせ》ったようにそう告げたフリードに、軽く手を引かれる。

「そうだな！　まずは、貴女の部屋に案内しよう！　それから！」

何かを言いかけたフリードの言葉が、ピタリと止まった。次の瞬間、広域展開の魔力の気配がするのと同時に大音量のサイレンが鳴り響く。何事かと隣に立つフリードを見上げて、息を呑んだ。

空気が変わった。目の前の人の纏《まと》う空気が――

「……すまない、クリスティーナ殿。魔物の襲撃だ」

初めて会った時と同じ、硬い表情を浮かべたフリードの手が離れていく。

「暫《しば》しこの場を離れるが、どうか安心してほしい。貴女が傷つくことは決してないとお約束する。……トマス、クリスティーナ嬢を頼む」

「承知いたしました」

いつの間に傍《そば》まで来ていたのか。トマスの了解を確認したフリードは、「では、行ってくる」と告げ、こちらに背を向けた。入ってきたばかりの扉から飛び出していったフリードに何も返せぬまま、その後ろ姿を見送る。

開け放たれた扉の向こう、巨体の黒馬が引かれてくるのが見えた。フリードの得物《えもの》なのだろう、彼に大剣を渡す騎士の姿もある。

それら全てが扉の向こうの世界。やがて、黒馬に跨《また》がり城壁に馬首を向けたフリードが、追走する騎士たちと共に城門を駆け抜けていった。

「クリスティーナ様、お部屋へご案内いたします」

「……ええ」

トマスの言葉に頷《うなず》いたものの、動けない。

私にとっては非日常、現実感のない光景であるのに、周囲の空気は落ち着き払っている。既《すで》に通常の業務、「いつも通り」に戻るのであろう使用人たちが立ち去るのを見送って、もう一度扉の向こうを眺めた。

「フリード様が気がかりでいらっしゃいますか?」

「そう、ね。……ええ、気になっているわ」

トマスの問いに素直に答える。

不安はない、恐怖も。ただ、フリードのことが気になる。

「……クリスティーナ様、どうぞこちらへ。お見せしたいものがございます」

動かない私に思うところがあったのか、トマスが館の中ではなく、外に誘《いざな》う。私は先導する彼の背を追った。背後には、トリシャとウェスリーもついてきている。

「こちらです。お足元にご注意ください」

四人で辿《たど》り着《つ》いたのは、城壁の階段だった。足を止めることなく石段を上っていくトマスに従う。

彼の背を追いかけて上り切った先に現れた光景に、暫《しば》し心を奪われた。遥《はる》か遠《とお》くまで続く田園風景。魔の脅威に脅《おびや》かされる中で、この地の人々が築《きず》き上《あ》げた営《いとな》みに圧倒される。

(……それも、過去に一度、全てを魔に奪われたはずなのに)

この地の再建の証《あかし》でもあるその光景に魅入《みい》っていると、隣に立つトマスが前方を指し示した。

「ご覧いただけますか?」

田園地帯の更に奥、その先に続く黒々とした森にほど近い場所に、空を飛ぶ複数の生き物の姿が見える。鳥のように空を飛ぶが、明らかに鳥とは異なる生き物。

「ワイバーンの群れです。先ほどの広域警報は、飛行種の襲来を知らせるものなのですが、今回はワイバーンだったようですね」

言われて、魔物の群れをじっと見つめる。

ワイバーンが旋回《せんかい》しているのは田園の先、彼らの足元――地上には、騎士団と思《おぼ》しき一団が見えた。どうやらワイバーンと交戦している。地上から放たれた魔術がワイバーンに着弾し、茶色の体が傾いた。が、すぐに態勢を立て直したワイバーンは地上へ急降下していく。

「っ！」

これだけ離れているのに、実際の大きさなど想像もできないくらい小さな姿しか見えていないのに。初めて目にする魔物の群れ、人を襲う生き物の姿に身体が震える。

「……怖いですよね。私も、いつまで経っても慣れなくて」

背後からトリシャの声が聞こえた。寄り添うようにして隣に立った彼女は、けれど、まったく震えてなどいない。彼方《かなた》を見る目にも怯《おび》えはなかった。

これが、この地で生きる者の強さなのだろうか。彼我《かが》の違いに思いを馳《は》せているところに、トマスに名を呼ばれた。

「クリスティーナ様。どうぞ、こちらへ」

再び歩き出した彼の後を追う。向かったのは、城壁の四隅にある尖塔の一つ。物見の役目を果たすのであろうその場所は、空からの襲撃に備《そな》えてか、壁と屋根に囲われている。扉のない入り口をくぐると、薄暗い部屋の中で控えていた騎士が礼を取った。片手を上げたトマスが騎士を下がらせ、小部屋の中央に置かれた水晶球に手を翳《かざ》す。

「こちらは遠見の魔道具です。魔力は相応に持っていかれますが、使いこなせば、なかなか便利なものでして……」

言いながら魔力を込めたのであろう。水晶球が淡く発光し出し、そこから伸びた一筋の光が目の前の壁に像を結んでいく。浮かび上がった映像に驚きの声が漏れた。

「これは……！」

「ええ。このように、離れた場所の様子を見られますので、戦況の確認には欠かせません」

そう説明したトマスが、彼の背後、壁に広がる光を振り返る。今やはっきりと映し出された光の中、そこには血濡れのフリードが立っていた。

自身のこめかみをドクドクと脈打つ血の流れがうるさい。

「……あの、お姉様、大丈夫ですか？」

トリシャの心配する声が遠くに聞こえる。気付けば、勝手に涙が溢《あふ》れ出《だ》していた。

これは、私は、何を見ているのだろうか――

光の中、襲われる味方をその背に庇《かば》いながら、自分よりも遥《はる》かに大きな存在に相対する彼の姿。軽々と振るった大剣で、ドラゴンに似た魔物の首を一刀のもとに切り落とす。血しぶきを浴び、その隙《すき》に接近を許してしまった魔物の鋭い爪を片腕で受け止める。腕を流れる血の色が見えた。彼とて、決して無傷ではない。それでも一歩も怯《ひる》まずに、背にしたもの全てを護《まも》らんと、また一振り。

ワイバーンのクビが落ちた――

（ああ、凄《すご》い……！）

ボロボロとこぼれ落ちる涙が邪魔で、手の甲で拭《ぬぐ》う。何も言えず、瞬《まばた》きする間さえ惜しくて、ただただその光景に魅入《みい》った。

気付けば、あれほどいたはずのワイバーンの群れは全て地に落ち、今、地に立つのは人の姿だけ。喜びに沸く彼らの、その音のない歓声を確かに聞いて、漸《ようや》く、詰《つ》めていた息を吐き出した。

「……お姉様」

隣に寄り添ったトリシャに片手を握り締められている。心配をかけたのだろう。不安そうに見上げて来る瞳に、辛《かろ》うじて笑ってみせた。

「ごめんなさい、心配をかけて。大丈夫よ」

「いいえ、そんな！　こちらこそごめんなさい。お姉様に恐ろしい思いをさせてしまいました」

「違うわ。恐ろしかったわけではないの。そうではなくて、ただ……」

トリシャの謝罪に首を横に振って、言葉を探す。

（ただ、何だろう……？）

今、自分が見たもの、感じたもの。それら全てが、言葉にするのが難しい。言葉に詰《つ》まったこちらを不安げに見上げるトリシャの向こうで、トマスが口を開く。

「クリスティーナ様、直《じき》にフリード様がお戻りになられます。よろしければ、下にてお出迎えをお願いできますか？」

「……ええ、分かったわ」

結局、胸の内にある思いを言葉にできぬまま、トマスに促《うなが》されて物見を出た。城壁を下り、案内されたのは城門近くの広場。開放された門の向こうに、フリードたちが向かった道が続く。一心にその先を見つめ続けている内に、遠くに、こちらへ馬を走らせる討伐部隊の姿が見えた。

(帰ってきた……)

土埃《つちぼこり》と共に近づいてくる彼らの先頭を、漆黒《しっこく》の馬が走る。馬上の人が大きく手を振っている。馬の速度が上がった。近づく距離、馬から飛び降りた人が駆け寄ってくる。

「クリスティーナ殿！」

向けられたのは満面の笑み。魔物のものとも彼自身のものとも判別のつかぬ血に塗《まみ》れ、腕には明らかな傷を負って、それでも、彼は笑っていた。

生まれて初めて──

生まれて初めて、誰かに、目の前の人に、ひれ伏したいと思った。全てを投げうってしまいたい。何もかもこの人に差し出したい。溢《あふ》れ出《だ》す感情のまま一歩を詰《つ》めて、彼の前に額《ぬか》ずく。

「なっ⁉　クリスティーナ殿っ⁉」

「フリード様、よくぞご無事で……」

彼の足元、魔物の血に汚れた長靴《ちょうか》に額《ひたい》を押し付けた。これで、こんなもので、今の私の思いが伝わるだろうか。伝わるといい──

「ご無事のお戻りに、感謝を」

「クリスティーナ殿⁉　駄目だ、汚れる！　いや、それよりも何故《なぜ》っ⁉　いったい、何をっ⁉」

焦《あせ》ったようなフリードの声と共に、両脇の下に大きな掌《てのひら》が差し込まれた。そのまま、軽々と身体を抱き起こされ、子どものようにみっともない姿で持ち上げられる。

「ああ！　クリスティーナ殿！　額《ひたい》に血がっ⁉」

「フリード様、貴方に、心よりの感謝を……」

「感謝⁉　何の感謝だ⁉　ああ、いや、そんなことよりも！」

何かを探して視線を彷徨《さまよ》わせるフリードの碧《あお》く澄んだ瞳を見つめる。

「……先ほど、私はこの目で、タールベルクを護《まも》らんとするフリード様の尊《とうと》きご勇姿をしかと拝見いたしました」

「待て、待ってくれ、クリスティーナ殿。いったい、何の話をしている？」

「浅はかにも、私は今まで、タールベルクの護《も》りの意味を言葉でしか理解しておりませんでした。フリード様や皆様方のお姿、今日この目で見た真実を、私は生涯忘れることはありません」

「クリスティーナ……」

「この国の守護たる皆様に、クリスティーナ・ウィンクラーとしての深謝を。言葉に尽くせぬこの思いが、少しでも伝わりますよう……」

またボロボロと溢《あふ》れ出《だ》す涙で目の前の人の姿が霞《かす》む。涙を払おうとして、未だかかえられたままの自身に気付き、下を向いた。

「フリード様、下ろしていただけますか？」

「っ⁉　いや、駄目だ！　トマス！　クリスティーナ殿の部屋は西棟の客室か？」

「はい。用意してございます」

控えていたトマスの返事にフリードが頷《うなず》く。

「分かった。彼女の着替えと手伝いを寄越してくれ！」

そう言うと同時に、私の身体を横抱きにかかえ直したフリード。その腕に滲《にじ》む朱が視界に入り、血《ち》の気《け》が引く。

「フリード様、腕のお怪我が！」

「大丈夫だ！　問題ない！」

強い力で抱きかかえられ、走り出したフリードの腕の中で身動きがとれない。ただ陶然《とうぜん》と、自身を包み込む熱に身を任せた。

◆　◆　◆

(よし、落ち着け、俺……)

自分自身に言い聞かす。

様子のおかしいクリスティーナを客室へ運んだまでは良かったが、今は色々と都合が悪い、障《さわ》りがあるような気がする。

「……フリード様？」

「うっ!?」

(何ということだっ！)

クリスティーナが、俺の天使がかわいい――！

客室に二人きりという状況で、こちらを見上げる湖水のような瞳が潤《うる》んでいる。先ほど泣いたせいだと分かっていても、そこに別の熱があるような気がして、つい――

（いや、違う！　駄目だ！　勘違いだ！）

何度でも自分自身に言い聞かす。ここで勘違いしてしまえば、うっかり取り返しのつかないことをしでかしてしまうかもしれない。いや、する。絶対する。

（大丈夫、大丈夫だ。二人きりと言っても、すぐに誰かが来る。邪《よこしま》な真似などしようものなら……）

「フリード様、腕のお怪我が」

「グッ!?」

不用意に、クリスティーナの柔らかな手が己の腕に触れた。傷口に触れぬようそっと置かれた掌《てのひら》に、総毛立つ。

「だ、大丈夫だ！　こんなものは傷の内にも入らない！　ただのかすり傷だ！」

「ですが……」

クリスティーナの掌《てのひら》が、傷口を避けて己の腕を撫《な》で上《あ》げた。

（うおっ!?　おかしい！　クリスティーナが変だ！）

分かっている。クリスティーナの様子がおかしいのは。いつもの彼女ではない。

（だが、可愛い!!）

様子がおかしいせいだとしても、もういいのではないだろうかという思いがよぎる。これだけ可愛いのだ、少しくらいなら許されるのでは――？

「……クリスティーナ殿」

「はい？」

呼びかけに素直に応じてくれた彼女に手を伸ばしかけたが、既《すんで》のところで止《とど》まることができた。

それができたのは、己の意志の強さでも何でもなく、ただ、血に塗《まみ》れた自身の両腕が目に入ったからだ。少し冷静になった頭に、クリスティーナの惨状が目に入る。

「……すまない、クリスティーナ殿。私が触れたせいで、貴女を汚してしまった」

己の言葉に、クリスティーナが自身の姿を見下ろす。その額《ひたい》には血の痕《あと》がはっきりと残っていた。それだけでなく、彼女の服や腕にも広がる同じ汚れ。この恰好《かっこう》では、彼女をどこかに座らせてやることもできない。

「問題ありません」

「だが……」

「汚れで死ぬことはありません。……ですが、これだけの戦いをされたフリード様がご無事で本当に良かった」

言いながら、クリスティーナがこちらへ手を伸ばす。己の躊躇《ためら》いなど無意味だとでも言うように伸びてきた細い腕に抱き締められ、小さな身体が密着した。胸から腹にかけてはっきりと感じる彼女の柔らかさ。

（ま、まずいまずいまずい……！）

色々とマズい反応が起きそうになるのを、先ほどのワイバーンとの戦闘を思い出すことで何とかやり過ごす。

そんなこちらの邪心に、己の天使はまったく気付く様子がない。

「ク、リスティーナッ⁉　その、これは、その……！」

押し付けられる身体、それだけでもう、決壊しそうだというのに――

「……フリード様、貴方に出会えて良かった」

「えっ⁉」

「貴方に選んでもらえて良かった。貴方に嫁《とつ》げる立場の私で良かった」

天使の口からこぼれ出る誘惑に、その真意を探《さぐ》ろうとするが――

「……フリード様をお慕《した》いしております」

心臓が止まりかけた。が、次の瞬間には早鐘のように鳴り出した心音。耳鳴りまでもがガンガンとし出す。

（もういい、もういいだろう！　俺の天使が、俺の運命が、慕《した》っていると言ってくれたのだ！）

その背に手を伸ばし、クリスティーナの柔らかな身体をぎゅうぎゅうに抱き締め返した。

「あの、フリード様、少し苦しい……」

「駄目だ。逃げないでくれ。俺も……、俺も、貴女のことを……」

言いかけた言葉は、部屋の扉を叩く音に遮《さえぎ》られる。不意に現実に引き戻され、慌てて制止の声を上げた。

「ま、待て！」

「……何やってんすか、フリード様」

おかしい。己は確かに「待て」と制止したはずなのに。何の遠慮もなく開け放たれた扉から入ってきたウェスリーの黒曜の瞳が、己と腕の中のクリスティーナの間を行き来する。その色が胡乱《うろん》なものに変わった。

「殴ってでもお止めしたほうがよろしいですか？」

「なっ！　違う！　これは、合意のもとだ！」

焦《あせ》る己を気にした様子もないウェスリーの合図で、クリスティーナの衣装箱が運び込まれる。

「まぁ、合意ならいいっすけど。取《と》り敢《あ》えず、クリスティーナ様には着替えていただくんで、フリード様は自室に戻ってください」

「え？　いや、それならば、俺は廊下で待つが」

「何言ってるんですか。フリード様も着替えてくださいよ。いつまでそんな恰好《かっこう》でいるつもりです？」

ウェスリーの言葉に腕の中のクリスティーナを見下ろす。穏やかな笑みで見上げられた。

「フリード様はお怪我の治療もなさいませんと」

「ああ、うん。だが、俺は……」

もっと、貴女と一緒にいたい――

言いたいことを口にできずにいる内に、腕の中の温《ぬく》もりはスルリと抜け出していった。

「それでは、フリード様。後ほど」

「あ、ああ……」

あっさりと身を引いてしまったクリスティーナの姿を未練がましく目で追う。温《ぬく》もりを失って己はこんなに寒いのに、侍女に傅《かしず》かれ浴室へ消えていく彼女の意識は既《すで》にこちらにはない。

彼女のその態度に、先ほど感じたはずの幸福が小さく萎《しぼ》んでいく気がした。


結局、ウェスリーに促《うなが》されるまま怪我の治療と着替えを済ませたところで執務室へ追い立てられ、クリスティーナともう一度会話をする機会を逃した。

彼女の着替えが済んだところで改めてお茶の席でも設《もう》けようと、遣いに出したトマスは、未だ帰ってくる気配がない。

「フリード様、部屋の中でウロウロすんの止《や》めてくださいよ。気が散ります」

「……ここは、俺の執務室のはずだが」

「そうですけど、討伐報告書を書かずにウロウロするだけの主《あるじ》に代わって仕事してるの、俺なんで」

「……すまん」

魔物の討伐後には、今後、似たような事例が発生した際の資料になるよう、必ず報告書を上げるようにしている。常なら、討伐隊の長であった自身が作成するのだが、今日はまったくやる気になれずに、ウェスリーに丸投げした。

その時不意に、扉を叩く音と声がする。三歩で扉に辿《たど》り着《つ》き、内から開け放った戸の向こうからトマスが部屋に入ってきた。

「ただいま戻りました」

「トマス！　どうだった？　クリスティーナは何と？」

「それが、クリスティーナ様はお疲れのご様子だったらしく、入浴の後、お眠りいただいたとのこと。お茶の席へのお誘いは叶いませんでした」

「……そう、か。……いや、まぁ、そうだな。長旅で疲れていたところにワイバーンの襲撃だったからな。……うん、まぁ、仕方ない」

仕方ないと分かっていても、一刻も早くクリスティーナに会ってもう一度話をしないことには、先ほどから落ち着かないこの胸の内はどうしようもなかった。

トマスの言葉に落胆を隠せない己の横で、報告書から顔を上げたウェスリーが問いかける。

「ところで、父上。父上がクリスティーナ様を物見に連れていったのは、何故《なぜ》です？」

彼の言葉に、そういえば先ほどそんな話をしていたなと思い出す。おかげで、討伐に出てもいないウェスリーに報告書を任せられるのだが。

「……トマス、俺もそれは気になっていた。物見は絶対に安全とはいえない。ましてや遠見など、魔物を目にするのが初めてのクリスティーナに見せるようなものではないだろう？」

己の問いに、自身の側仕えでもある老獪《ろうかい》な男は首を傾《かし》げてみせた。

「クリスティーナ様は辺境伯夫人に成られるお方では？　であれば、魔物の襲撃一つに怯《おび》えられていては困ります。この地の在り様《ありよう》を手っ取り早くご理解いただくには、ご自身の目で見ていただくのが最善と判断しました」

「グッ、そうか……」

トマスの返答に「やはり、親子だな」と思う。ウェスリーのように彼の言葉が乱れることはないが、穏やかな物腰で悪びれもしないところが本当にそっくりだ。

しかし、こちらも言っておかねばならないことは言っておく。

「だが、クリスティーナの様子がおかしかったのは、遠見で血腥《ちなまぐさ》い場面を見せられたからではないのか？　彼女のような深窓の令嬢があのようなものを見せられて、動揺するなと言うほうが無理だろう？」

「……深窓の令嬢？」

「……動揺、ですか？」

「……何だ？」

至極当然のことを言ったはずが、そっくりな二対の視線に晒《さら》されて、僅《わず》かに怯《ひる》む。

「いやぁ、クリスティーナ様はそんなタマじゃないですって」

鼻で笑いそうな勢いのウェスリーの言葉に、トマスが頷《うなず》いた。

「動揺というのともまた違うでしょうね。平伏しての礼賛《らいさん》はまったくの予想外でしたが、フリード様の戦闘を見てのあの反応は、流石《さすが》はウィンクラーと申し上げるべきか。……クリスティーナ様もなかなか見どころのある」

薄く笑う彼の姿に、嫌な予感を覚える。

長い付き合いから分かるが、トマスのあの表情は、彼がクリスティーナを「気に入った」という証《あかし》だ。ただ、それがクリスティーナにとっての幸か不幸かは判断がつきにくいところ。ここは一応、釘を刺しておくべきだろう。

「ああ、いや、その、なんだ、トマス。クリスティーナは未来の辺境伯夫人だからな？　その辺を考慮して、こう、な？」

「そう言えば、先ほどから気になっておりましたが、フリード様はクリスティーナ様と随分親しくなられたようですね？」

あからさまに話題を変えられたが、その話題には是非《ぜひ》とも触れてほしいところだったので、トマスの誘いに乗る。

「そうか？　お前たちから見ても、その……、親しくなれていると思うか？」

「ええ。先ほどから、敬称もなしにお呼びしていらっしゃいますし、お茶にお誘いするつもりでいらしたんでしょう？」

「ああ、まぁ、そうなんだが……」

「さっき、俺がフリード様を迎えに行った時も、二人で抱き合ってましたしね」

ウェスリーの言葉に片眉を上げて「ほぉ？」と呟《つぶや》いたトマスの視線を避けつつ、如何《いかん》ともしがたいしこりを口にする。

「……クリスティーナのほうは、俺のことを気に入ってくれていると思うか？」

「は？」

「……」

ウェスリーの「何言ってんだ」な「は？」はともかく、トマスの沈黙が痛い。彼の視線が険を帯《お》びた。

「フリード様、クリスティーナ様との抱擁《ほうよう》は同意の上でのことと解釈しておりましたが、もしや、同意なし、力ずくでの行為だったと？」

「っ!? いやいやいや！　まさか！　違う！　同意の上だ！　むしろ、クリスティーナのほうから……！」

「ほぉ？」

「へぇー」

(しまった！)

焦《あせ》りのあまり、余計なことまで口にしてしまった。

クリスティーナが自ら抱きついてくれたという至高の思い出は、自分一人のものにしておくつもりだったのに。

「……それで？　クリスティーナ様にそこまでしていただいて、フリード様は何がご不満なんです？　もしや、言葉がなければ不安だとでも仰《おっしゃ》るのですか？」

「いや、それも違う。言葉も、その……慕《した》っていると言ってもらえたし」

「だったら、本当、何が不満なんすか？」

「俺も、どう言えばいいのか分からんのだ。ただ、空気が思っていたのと少し違うというか……」

親子二人の呆《あき》れを含んだ眼差《まなざ》しに耐えながら、何とか言葉を探す。

「ウェスリーに部屋を追い出された時、あまりにもあっさり送り出されたというか、二人の時間を惜しむような雰囲気が皆無《かいむ》だったというか。あ！　勿論《もちろん》、追い出されたわけではない！　ないんだが、その時の空気が、な……」

言葉にしづらい感覚を何とか伝えると、そっくりな表情をした親子が視線を交わし合う。

「……まぁ、確かに。あっさりでしたね、クリスティーナ様」

ウェスリーに同意され、やはり傍目《はため》に見てもそうなのかと少し落ち込む。助言を求めてトマスに視線を向けると、何事かを思案した彼が口を開いた。

「なるほど。クリスティーナ様がフリード様に向ける眼差《まなざ》しに既視感があるなとは思っておりましたが」

「……何だ？　どういう意味だ？」

トマスの言葉に不安を煽《あお》られる。

聞きたくない。聞きたくないが、聞かないのはもっと恐ろしい。「言え」と視線で促《うなが》す。

暫《しば》しの逡巡《しゅんじゅん》の後に残酷な事実を告げられた。

「クリスティーナ様の眼差《まなざ》しはあれですね。カッツたちがフリード様に向ける眼差《まなざ》しと同じです」

「カッツ、だと……？」

カッツとは、先ほどのワイバーン討伐にも同行した己の親衛隊の長。幾度《いくど》も、己と死地を共にしてくれた稀有《けう》な存在ではあるが——

「あー、確かに同じかも。カッツたちも間違いなくフリード様のこと盲信《したって》てますしねー」

「よろしかったですね、フリード様。フリード様の信奉者が、またお一人、増えたようでございますよ？」

トマスの言葉に膝から崩れ落ちた。

「おや。フリード様？」

「よろしくない！　違う！　全然違う！」

俺がクリスティーナに向けてほしいのは、もっと艶《つや》めいた、恋人同士の間にあるような想いだというのに――

◇　◇　◇

入浴の後、すすめられるままに寝台で休憩をとるつもりが、いつ寝入ったのかも記憶にないほど疲れ果てていたらしく、目が覚めると既《すで》に翌朝、日が昇り始めたところだった。

朝食の席で前日の不作法を詫《わ》びる。フリードには「疲れていたのだろう」と労《ねぎら》われ、トリシャには「身体は大丈夫ですか」と心配される始末。

興奮のあまり、色々と自分でも思いがけない行動に出た気はするが、体調は頗《すこぶ》る良好だったため、「問題ない」と答え、朝食も残さず食べきった。

晒《さら》した醜態《しゅうたい》のためか、家人の雰囲気も昨日とは違い、どことなくあったピリピリした空気はなくなっている。どうやら、「変な女」、もしくは学園内と同じく「危ない女」と認識されてしまったらしい。

その雰囲気をこれ幸いと、朝食後、辺境騎士団の鍛錬《たんれん》を見学させてもらうことにした。

トリシャに連れられて訪れた訓練場で目にした騎士たちの鍛錬姿《たんれんすがた》は壮絶だった。

自分の知る騎士たちとは質量が違う。速さが違う。何より、気迫が違う。最前線で戦い続ける彼らの鍛錬《たんれん》は、正しく、命を護《まも》り、奪うためのものだということが伝わってくる。

そんな彼らを眺める中で、一つ思いついたことがあった。すぐにも実行したい思いに駆られ、彼らの内の一人、相手として最適であろう人物に声をかける。

「ウェスリー、ちょっといいかしら？」

「あれ？　クリスティーナ様、本当に見に来られたんですね。こんなむさ苦しいもの見てても、面白くも何ともないでしょう？」

「むさ苦しいとは思わないけれど……」

鍛錬《たんれん》の合間の休憩時間らしく、服をはだけて汗を拭くウェスリーの身体を観察しながら、口にする。

「貴方にお願いがあるの」

「俺に、ですか？」

「ええ。私に、剣術と身体強化を教えてもらえないかしら？」

「……それは、何故《なぜ》、とお聞きしても？」

ウェスリーから返ってきたのは、思っていた以上に冷淡な態度だった。彼と出会って以来、初めてとも言える冷《さ》めた眼差《まなざ》しを向けられて、言葉に迷う。

彼に、どこまで話すべきか。

「言っときますけど、俺も暇《ひま》じゃありません。この地における鍛錬《たんれん》ってのは、自分の命に直結します。俺の場合は、トリシャの命も懸《か》かってる」

言って、一瞬だけ、ウェスリーの視線が私の後ろ、ここまで付き合ってくれたトリシャに向けられた。

「自分の鍛錬時間《たんれんじかん》、削ってまでクリスティーナ様の面倒をみろって言うんでしたら、それなりの理由をください。でなきゃ、俺は動きません」

「それはそう、よね」

断固とした意思を感じさせる彼の言葉に、こちらも全てを晒《さら》け出《だ》すことを決める。今まで、誰にも明かしたことのなかった部分、自分の弱さも含めて全部、明かすことにした。

（……それで断られたら、かなり恰好悪《かっこうわる》いことになるけれど）

仕方ない。その時はその時だ。ウェスリーにとって、私は相手にするほどの価値がなかったというだけのこと。

では、何から話そうかと思案したところで、こちらに駆けてくる足音が聞こえた。振り返ると、フリードが不安そうな表情で傍《そば》に寄ってくる。

「クリスティーナ？　どうした？　何か問題があったか？」

「いえ、問題は何も」

「そ、そうか。いや、貴女がウェスリーに話しかけるのが見えて、その、何かあったのではないかと思ってな」

心配してくれたらしい彼の瞳を見上げた。

「ご心配ありがとうございます、フリード様。ウェスリーには、少しお願いがあって話をしておりました」

そう端的に答えると、フリードの顔が曇《くも》る。

「ウェスリーにお願い……、あ、いや、まぁ、問題ないならいいんだ。いいんだが、その、ウェスリーに何の用があるのか聞いてもいいか？　俺で対応できることであれば、俺が対応しよう」

「まぁ、そんな。フリード様のお手を煩《わずら》わせるようなものではありません」

忙しいだろうに、こうして気遣ってくれるフリードの優しさに気分が高揚《こうよう》する。フワフワ浮ついた気持ちを押し込めて、弛《ゆる》みそうになる口元を引き結ぶ。

「できれば、ウェスリーに引き受けてもらいたい願いなのです」

「なっ⁉」

「？　……あの、フリード様？」

途端、顔色を変えたフリードが、何故《なぜ》か憤怒《ふんぬ》の表情でウェスリーに迫ろうとしている。それまで黙って成り行きを見守っていたトリシャが、フリードの前に立《た》ち塞《ふさ》がった。

「もう！　お兄様、そんな顔しても駄目ですよ！　お姉様は、ウェスリーにお願いしてるんですから！」

「ぐっ！　トリシャ、だが俺は……」

「お姉様は、ウェスリーに剣術と身体強化を教えてもらいたいそうです！　お兄様は大人しくなさってて！」

その一言に、フリードは虚を衝《つ》かれたような顔になる。

「え？　は？　剣術？　身体強化？　……何故《なぜ》？」

「それを今からお姉様にお伺いするところだったんです！　なのに、お兄様が邪魔なさるから！」

「え、あ、すまん。……剣術？　クリスティーナが？」

彼の訝《いぶか》しむ視線に、どうやら自身の弱さを吐露《とろ》する相手が一人増えてしまったことを知る。

（しかも、フリード様相手にだなんて、恰好《かっこう》悪《わる》いなんてものじゃないわね）

それでも、これは私の決意表明でもある。彼には知っておいてほしいとも思った。先ほどよりも強く覚悟を決めて、口を開く。

「私は、学園の首席卒業を目指しております」

「首席？　ということは、まさか、演習試合に出るつもりなのか!?」

「はい」

「なっ!?　駄目だ！　危険すぎる！　万一、貴女が怪我でもしたら!?」

必死な形相で私を止めようとする。それが私を案じてのことだと思うと、彼の言葉につい頷《うなず》きたくなってしまうが、ウェスリーが視界を遮《さえぎ》るように間に割って入ってきた。

「フリード様はちょっと黙っててください。話が進まないんで。……で？　何でまた、クリスティーナ様は首席卒業なんて目指してるんです？　淑女科に通ってる時点でそんなもの誰も求めてないでしょうに」

「そうね。入学時は私もそんなこと、考えていなかったわ。ただ、今はそれが、私が学園を辞めないための条件だから」

「えっ、お姉様が学園を辞める⁉　ど、ど、どういうことですか⁉」

明かした事実に、トリシャが横で動揺した様子を見せる。彼女の慌てる姿に小さく苦笑した。

「私は辞めるつもりはないわ。だけど、殿下に婚約を破棄された時点で、父は私を退学させてどこかへ嫁《とつ》がせるつもりだったの。……殿下のご不興をこれ以上買わないために」

「そんな、そんなのって……」

言いかけて、悔しげに言葉を呑んだトリシャが下を向く。

彼女のその反応が嬉しかった。私のために「悔しい」と思ってくれる存在がいる。

「ね？　そんなのってあんまりでしょう？　貴族令嬢としての価値を失って、ただ醜聞《しゅうぶん》を避けるように他家へ遣られる。私も、それじゃあ、あまりにも自分が惨《みじ》めだったから……」

顔を上げたトリシャに、小さく笑う。

「だから、ただ卒業するだけでなく、首席卒業という付加価値をつけることで、少しでも惨《みじ》めな自分ではなくなろうと思ったの」

「お姉様……」

「父にも宣言して、学園の在籍を認めてもらっているわ。だから、私は首席で卒業しなければならない」

そう口にしながら、自分の内に芽生えたもう一つの思いも自覚していた。今はもう、学園に残ることだけが理由ではなくなっている。

今の私が首席卒業に拘《こだわ》っているのは――

「クリスティーナ様はフリード様と婚約したんですから、別にもう首席である必要はないんじゃないですか？」

ウェスリーがポツリと呟《つぶや》いた言葉に、隣のフリードが激しく反応した。

「そ、そうだ！　俺は、今のままのクリスティーナがいい！　令嬢としての価値などどうでもいい！　そんなもの、俺の天使には必要ないからな！　何なら、今すぐに学園を辞めてうちに来てくれても構わない！」

二人のくれた言葉に、首を横に振る。

「いいえ、逆です」

「逆？　逆とは？」

「……正直に言いますと、つい最近まで、私自身も自分で課した目標に価値を感じられなくなっていました。確かに、首席で卒業できれば、私の誇りは取り戻せます。ですが、結果、得られるのは少しはマシな嫁《とつ》ぎ先《さき》というだけ。では、今、私が学んでいることは？　いったい、何の役に立つと？」

この地に来る前、身の内に巣くっていた懈怠《けたい》を吐露《とろ》する。

「ただ、己の見栄えを良くするためだけ。そこから先は不要になる知識を詰《つ》め込《こ》むことに、何の意味も見出せなくなっておりました」

そこまで告げて小さく息をついた。弱さを晒《さら》け出《だ》しても、黙って見守ってくれる人を見上げる。

「……ですが、幸運なことに、フリード様が私を望んでくださった」

私の言葉に、フリードが一、二度、瞬《まばた》きをした。

「えっ！　あ、ああ、そうだ！　俺がクリスティーナを望んだ！　必ず貴女を幸せにする、守ってみせる！　だから、何も心配する必要はない！」

勇《いさ》み、そう口にした彼に、もう一度、首を横に振った。

「いいえ、それだけでは駄目なのです。私は、少しでもフリード様のお役に立ちたい。少しでも、フリード様に見合う人間になりたいのです」

言って、武の頂点、遥《はる》かな頂《いただ》きにある眩《まぶ》しい碧《あお》を見つめる。

「今のままの私では、貴方にも、この地にも足りない。貴方の隣には立てない」

「なっ、そんなことはない！」

「いいえ、あるのです。貴方は北の辺境伯、武のタールベルクなのですから」

自分の瑕疵《かし》のためにフリードが侮《あなど》られるなど、決してあってはならないことだ。それは、彼だけでなく、この地に住まう人々の誇りを奪うことになる。もし、そんなことになろうものなら、私は自分自身が許せない。フリードの横に立つ自分を、絶対に認められなくなる。

「ですから、私は学園を首席で卒業いたします。目に見える形で、私の存在を認めさせるために」

「だが、演習試合に出るとなると、訓練だけの話ではすまなくなる。実践に近い形式で魔術を打ち合うなど……」

それでも渋るフリードの気持ちが、また、私の背中を押してくれた。

「私はこの地で、フリード様のお傍《そば》で生きていくと決めました。そうである以上、剣術も身体強化も扱えるに越したことはありません。私は、やる前に諦めるということをしたくないのです」

「うっ！　そうか。そうだな、貴女のその覚悟は非常に嬉しい。だが、やはり……」

分かりやすく眉尻を下げる彼に苦笑する。

「諦めてくださいませ、フリード様。ここでフリード様に止められましても、私は演習試合に必ず参加いたします」

最後まで我を通すことを心の中で詫《わ》びて、言葉を重ねた。

「であれば、フリード様の監視の下、私を鍛《きた》え上《あ》げてから出場させるほうがまだ、ご安心いただけるのではありませんか？　このまま出場しようものなら、それこそ怪我どころの話では済まなくなってしまいます」

「クリスティーナ……」

フリードが、懇願《こんがん》するように私の名を呼ぶ。けれど、これは譲れない一線。黙って、フリードの答えを待つ。

長い逡巡《しゅんじゅん》の末に、彼の口から諦めのため息が漏れた。

「……分かった。貴女の意思がそこまで固いのであれば、尊重しよう」

「フリード様！」

認めてもらえた喜びに、彼の名を呼ぶ声が弾んだ。フリードが仕方ないとでも言いたげに笑う。

「そうだな。貴女の言う通り、怪我などすることのないよう、俺が手を貸せばいいだけのこと。剣術と身体強化ならば、俺にも教えられる」

そのための時間を作るから待っていてほしいという彼に、慌てて首を横に振った。

「そこまでお気になさらないでください。フリード様のお手を煩《わずら》わすほどではありません。教授はウェスリーに頼むつもりでおりますから」

「えっ⁉」

笑っていたフリードの表情が一瞬で固まった。

「……あの、フリード様？」

先ほどと同じ硬い表情に戻ったのでやはり危険だと止められるかと危惧《きぐ》したが、それにしては彼の瞳がやけにギラついている。彼の視線の先でウェスリーが嘆息《たんそく》するのが聞こえた。

「フリード様、駄々《だだ》こねないでくださいよ。クリスティーナ様は俺をご指名なんですから」

「駄々《だだ》などこねていない。ただ、ウェスリー相手では色々と、こう、アレだろう……？」

「意味分かんないです。……けど、クリスティーナ様も、なんで俺なんですか？　フリード様、こう見えて、ただの腕力バカじゃないですし、魔術もかなり得意なほうですよ」

擁護《ようご》の言葉に勢い良く頷《うなず》いたフリードから視線を外し、ウェスリーに向かい合う。

「気を悪くしたらごめんなさい。でも、ウェスリーのほうがまだ私と体型が近いでしょう？　剣術も身体強化も体型が近いほうが習いやすいでしょうし、それに、学園の生徒とフリード様では色々と差がありすぎて……」

「あー、なるほど」

納得いったと頷《うなず》くウェスリーもこの歳《とし》にしては立派な体格をしているが、フリードと比べるとやはり大人と子どもほどの違いがある。訓練相手に適任なのはどう考えてもウェスリーだ。

納得するウェスリーとは対照的に、未だ心配が尽きないらしいフリードが口を挟む。

「ク、クリスティーナ。理由は分かった。だが、身体強化の鍛錬《たんれん》には、その、身体的な接触があるだろう？」

「ええ。それに関しては問題ありません。騎士団には女性もいらっしゃるのですよね？　私のことも、貴族令嬢などと思わずに同等に扱っていただいて構いません」

「騎士団と同じ……？」

そう呟《つぶや》いた彼が暫《しば》し宙を睨《にら》む。が、すぐに大きく首を横に振って、ウェスリーに詰《つ》め寄《よ》った。

「いや、無理だ！　どう考えても無理だ！　ウェスリー、お前は駄目だ！　俺のクリスティーナに近寄るな！　クリスティーナには俺が教える！」

「はぁ、俺は別にどっちでも」

「どっちでもだと⁉　お前、クリスティーナに教えるつもりだったのか⁉」

「うっわ、めんどくさぁ」

ウェスリーの口から、仕《つか》える主《あるじ》相手とは思えない心底嫌そうな呟《つぶや》きが漏れた。

（ウェスリーはこれが素《す》、なの？）

少なくとも、トリシャ相手にこんな態度はとっていなかったはずだ。ウェスリーの、主君を主君とも思わない姿に驚いたが、フリード本人が気にしていないため、問題はないのだろうと判断する。

（フリード様も楽しそうだし、リラックス？　されてるみたい）

結局、その後の説得で教授はウェスリーに頼むということで決着したが、「鍛錬《たんれん》はフリードの目が届く範囲で行うこと」という条件が付加された。

◆　◆　◆

色々と納得のいかないままに鍛錬《たんれん》を終え、戻ってきた自身の執務室、補佐官席で書類仕事を手伝うウェスリーを睨《ね》めつけた。

「……フリード様。鬱陶《うっとう》しいんで見ないでください」

「いいか、ウェスリー。鍛錬《たんれん》の際には、なるべくクリスティーナに指一本触れないように指導しろ」

「いや、それどうやってやるんすか。やれんなら、やって見せてくださいよ」

「む。それは、まぁ……」

答えに窮《きゅう》した隙《すき》に、こちらも同じく書類仕事を手伝っていたトマスが、己の前に新たな書類の山を築《きず》いていく。

「それにしても、首席卒業とは。クリスティーナ様も面白いことを考えられますね」

「面白いというか、クリスティーナ曰《いわ》く、他に道がなかった、ということらしい」

「確かに。ウィンクラー公ならば、それくらいの判断はなされるかもしれません」

己の言葉にトマスが頷《うなず》いた。

「公は王家への忠義に篤《あつ》い方ですから。王太子殿下とのご婚約も殿下の後ろ盾とならんがためだったのでしょうし、婚約が破棄された以上は、実の娘を切り捨ててもおかしくはありません」

その言に、今まで忘れていたことを思い出す。

「そもそも、クリスティーナが婚約を破棄された原因は何だったんだ？　ウェスリーは調べたか？」

「逆に、それ、いつ聞いてくるんだろうなって思ってましたよ」

「……失念していた」

王都に入った時までは、確かに、ウェスリーの報告をもって件《くだん》の「悪女」を断じようと思っていたのだ。それが、王都へ到着した直後に己の天使と出会い、それが結局、クリスティーナ本人だったため、「悪女などいなかった」と結論が出てしまっていた。

「どうやら、殿下の現婚約者であらせられるソフィア・アーメント様を害したという噂は本当のことらしいですよ。クリスティーナ様ご自身が認めてましたから」

「そうか……」

だとしたら、何故《なぜ》クリスティーナはそのような行為に及んだのか。それは当然、アレクシス殿下の不貞が原因だろう。妬心《としん》の末、相手の女性を追《お》い詰《つ》める行為は己でも理解できる。

「しかし、クリスティーナが道を誤ったそもそもの原因は殿下にあると思うんだが。何故《なぜ》、陛下は婚約の破棄をお認めになったのだろうな？」

「相手が悪かったのではございませんか？　ソフィア・アーメント様は旧王家の血を引いておられるお方。殿下と想いを通じ合われたのなら、王家としてもその血を取り込む機会をむざむざ手放しはしないでしょう」

トマスの言葉に、政治的にあり得そうな話だと納得する。だが、その予想が当たっていようが外れていようが、自身の中の結論は変わらなかった。

「……殿下も、惨《むご》いことをなされる」

結局、そういうことなのだ。彼女を知った今だからこそ分かる。

クリスティーナは、理由なく他者を害するような真似はしない。ましてや、人を虐《しいた》げることに喜びを見出すような人間では決してなかった。そのクリスティーナがソフィア嬢を害したのは、それだけ、彼女にとってソフィア嬢が脅威だったということ。その根底にあるのはやはり――

「クリスティーナは殿下を慕《した》っていたのだな……」

己へ向けられる想いとは異なる、クリスティーナの本気の恋慕《れんぼ》。それが、元婚約者とはいえ、他者へ向けられていたことを思い知らされ、軽く落ち込む。

が、感傷に浸《ひた》る間もなく、ウェスリーに「やれやれ」と首を振られた。

「クリスティーナ様、王太子殿下に恋愛感情はなかったそうですよ」

「……本当か？」

「ええ。トリシャがご本人に直接聞いてましたから。真っ向勝負すぎて、見てて冷や冷やしました」

「そうか。それは……」

良かった――

そう思うことが傷ついたクリスティーナへの裏切りだと分かっていても、彼女の婚約破棄を幸運だと思ってしまう。彼女が殿下を好いてはいなかったという話に、心が慰《なぐさ》められた。

「そう言えば、フリード様。クリスティーナ様のお気持ちとやらは確かめなくていいんですか？　好かれてるかどうか不安だぁみたいなこと言ってたじゃないですか」

「いや、あれはもういいんだ……」

「え、いいんですか？　確かめなくて？」

それまで書類を見ながら会話していたウェスリーが驚いたように顔を上げ、こちらを向いた。

「ああ。少し反省しているんだ。俺は浮かれすぎていた」

そう口にしながら思い出すのは、己の隣に立ちたいと願ってくれたクリスティーナの姿だ。

己のために努力しようとしてくれている彼女の覚悟は、ただ、それだけで有難《ありがた》いはずなのに。自分と同じ想いではないかもしれぬと疑心を抱き、同じでなければ嫌だと駄々《だだ》を捏《こ》ねた自身の器の小ささが恥ずかしくなる。

（本当に、情けないほどに浅ましい）

しかも己は、その浅ましさのせいで既《すで》に失態を犯している。

「……俺はクリスティーナの努力を蔑《ないがし》ろにした。学園など辞めてタールベルクに来れば良いと思ってしまったんだ」

「ああ。思ったってか、言っちゃってましたもんね、フリード様」

「っ！　クソッ！　そうだ！　俺は本当に愚かだ！」

だが今は、今なら、彼女の気持ちを尊重できる！　尊重したい！

「これからは彼女の気持ちを疑うのではなく、向けられる想いを大切にすると決めた！」

そう決意を口にすると、ウェスリーが軽く肩を竦《すく》める。

「いいんじゃないですか？　フリード様にしては珍しく恰好いいこと言ってると思いますよ」

「そう、思うか……？」

「はい。あー、でも……」

一瞬、視線を宙に泳がせた彼がこちらを向く。その瞳に、同情を色濃く乗せて。

「剣術と身体強化の鍛錬《たんれん》まで始めちゃったら、クリスティーナ様、ますます、カッツたちと同じになりませんかね？」

最後に告げられ余計な一言は聞かなかったことにした。

◇　◇　◇

訓練場の片隅で、ウェスリーに付き合ってもらい鍛錬《たんれん》を行っていた。

剣術に関しては、まずは基礎中の基礎、長距離走と素振りから始めてみたが、案の定、散々な結果に終わる。ただ、同じく初めて挑《いど》んだ身体強化の魔術を試したところ、教師役であるウェスリーから感嘆《かんたん》のため息が漏れた。

「へぇ！　クリスティーナ様、身体強化メチャクチャ上手《うま》いじゃないですか」

「本当？　そうだったら、嬉しいわ」

最初の鍛錬《たんれん》に気落ちしていた分、褒められて悪い気はしない。

「いや、本当に上手《うま》いっすよ。ご自分でやってました？」

「いいえ、実際に使ってみたのは初めてよ。指南書に目は通したし、魔力操作は毎日行っているけれど」

「え、毎日!?　それっていつからですか？　学園入ってから？」

ウェスリーの問いに、記憶を辿《たど》る。

「そうね、多分、三歳くらいかしら？　アレクシス殿下とお会いするようになった頃だから」

「……パねぇな」

彼が漏らした呟《つぶや》きに、首を横に振った。

「家庭教師がついたのがそれくらいというだけの話よ。学園に入ってからは大したことはしていないの。今は、就寝前に軽く魔力循環をさせている程度ね」

「いや、それでも十四、五年間、毎日ってことでしょ？　……そりゃ、俺より上手《うま》いはずだわ」

ここに来て、ウェスリーは随分と気安く接するようになってきた。教えを乞《こ》う身としては助かるのだが、これだけ気安い関係だと、つい気が弛《ゆる》みそうになる。

「もっと厳しく指導してくれてもいいのに」

「いやいや。本気で、身体強化については教えることないと思いますよ。後はもう反復ですね。強化を一瞬でかける。かけた状態に一瞬で適応する。その繰り返し、それしかないっすから」

「分かったわ。やってみる」

言われたことを実行しようとしたところで、ウェスリーが両手を上げて制止した。

「あ、待ってください。その前にちょっと休憩入れましょう。……俺がさっきクリスティーナ様に触れたんで、視線が鬱陶《うっとう》しいんすよ」

そう言って、訓練場の中央に視線を向ける。

そこでは、フリード指揮下の騎士団の面々が訓練を行っていた。思い思いに剣を振るい、魔術を飛ばす騎士たちの姿に目を奪われる。時折、チラリ、チラリとこちらを確かめるように視線を向けてくるフリードを見つけて、小さく笑んで返した。

「……やっぱり、圧巻ね。これで全盛期の三分の二の勢力なのだとしたら、本当に凄《すご》い」

こぼした呟《つぶや》きに、ウェスリーがこちらを向いた。

「ああ、それよく言われるんすけど、ちょっと違うんすよね」

「違う？」

どういう意味かと目線で問う。

「確かに、騎士の数自体は十五年前と比べるとだいぶ減ってます。けど、魔物による被害は大侵攻以前とまったく変わっていません。タールベルクの力だけでこの地を護《まも》れている。それって、弱くなってるとはいえないっすよね？」

「……騎士の数が減った分、個々の能力が上がっているということかしら？」

思い浮かんだ考えを口にすると、ウェスリーが首肯する。

「半分正解、で、半分外れ。まぁ、騎士団全体の底上げがないとはいえないですけどね」

その視線が、再び騎士団、そこで剣を振る長身に向けられた。

「一番の要因はフリード様です。あの人がいるから、今の騎士団の数で魔物の侵攻に対応できる」

私は驚きに、言うべき言葉を失った。こちらを見下ろしたウェスリーが苦笑する。

「あの人、規格外なんすよ」

「……何となく、そんな気はしてたけど」

「ハハッ！　ああ、でも、多分、クリスティーナ様が思ってる以上に規格外っすよ。この前のワイバーン戦、覚えてますよね？」

絶対に忘れられない話を持ち出されて、頷《うなず》き返《かえ》した。

「俺も、これは騎士団の上の連中に聞いた話だから、らしいって話になっちゃうんすけど……」

そう前置きしたウェスリーの表情が僅《わず》かに引き締まる。

「昔は、あの規模の群れに襲われたら、まず間違いなく死人が出ていたそうです」

死人という言葉の重さに、息が詰《つ》まった
「けど、今の騎士団なら、フリード様なら、重傷者すら出すことなく討伐できる。正直、俺にはそれが普通で当たり前の感覚なんすけど、昔を知ってる人間からすると、『奇跡みたいな話』らしいですよ」

「奇跡……」

ウェスリーの言葉を繰り返す。それは妙にしっくりきた。

確かに、自分が目にした光景はそうした言葉で呼ぶに相応《ふさわ》しいものだった。この地においては、たった一人の存在によって、その「奇跡」が日常となっている。

「……大変でしょうね」

「え？」

そんな奇跡を起こすような人間に従い、共に戦う者たちはきっと大変だろう。今、私の隣で首を傾《かし》げているウェスリーにしてもそう。いい加減な覚悟や鍛錬《たんれん》では到達できない場所を目指し、到達した後もずっとそこに在り続けなければならない。

（本当に大変そう。でも……）

「……ウェスリー。私、これから、貴方の時間をたくさん奪うことになると思うわ」

私の言葉に、じっとこちらを観察するウェスリーの瞳を見つめ返す。

「それでも私は止まれないから、いつか、無駄ではなかったと言わせてみせるつもり。……それで、貴方の時間を奪うことの代償にはなるかしら？」

見つめ合うウェスリーの目が弧を描いた。

「だったら俺も。一切、手加減はしませんよ？」

口の端《は》を上げてそう告げる彼に、こちらも望むところだと返すと、破顔したウェスリーが片手を差し出した。その手を強く握り返す。

私たちは同志だ——

たった今、ウェスリーにもそう認められた。奇跡を起こすような人の傍《そば》に在ろうとする者同士、盟友を得たことで、自身の決意の向かう先がはっきりと見えてきた。

そうして、タールベルクの地で過ごした凡《およ》そ一月《ひとつき》の間。この地で始めた剣術と身体強化という新しい挑戦に、魔力と体力の許す限り、時間を惜しんで取り組み続けた。

自身の基礎力のなさから思い通りにいかないこともしばしばだったが、それでも決して「嫌になる」ということはない。

それだけ意欲に溢《あふ》れていたというのもあるが、鍛錬《たんれん》の合間に川遊びや馬の遠乗りに誘ってくれたトリシャやフリードの存在に支えられたというのも大きかった。

やがて夏が終わりを迎える頃、タールベルクでの掛け替えのない時間に感謝し、「必ず会いに行く」と約束してくれたフリードとの別れを惜しむ。その一週間後、タールベルク家の大型馬車は、無事、王都の土を踏んだ。

そのまま学園に戻っても良かったのだが、父より「かの地を見定めてこい」との命を受けていたこともあり、一度、報告のために公爵邸に帰る。

その日の深夜、日付けが変わろうかという時刻になって漸《よう》く、父の帰宅と執務室への呼び出しを告げられた。

「お帰りなさいませ、お父様。本日、タールベルクより戻ってまいりました」

「ああ。かの地はどうであった？」

こちらを観察する父の視線を、真っすぐに受け止める。

ウィンクラー家当主への報告、国の重鎮《じゅうちん》に伝えるべきことは何か。ずっと考えていたが、結局、自身が見て感じたものを嘘偽《うそいつわ》りなく口にすることにした。

「タールベルクの武はこの国最強。かの地ならば、王都を一日で落とすことも可能でしょう」

返答に一瞬の迷いを見せた父に、更なる事実を告げる。

「いえ、落とすまでもありません。ただ魔物の侵攻を許すだけ、それだけで、王都は確実に落ちます。王宮の騎士団では魔物の脅威に抗《あらが》うのは不可能です」

「ふん。国の精鋭が太刀打《たちう》ちできんと？」

「ええ。タールベルクなくば、国そのものが滅ぶやもしれません。……私は、かの地の騎士団による魔物討伐を目《ま》の当《あ》たりにいたしました」

そして、確信を持って言い切った。

「あれは、あれこそが間違いなく護国……」

告げた言葉に返事はない。こちらを観察する視線に、報告の結び、自身で出した結論を伝える。

「お父様、私はフリード様に嫁《とつ》ぎます」

たとえこの先何があろうとも、私は必ずフリードのもとへ行く。変わらない自身の決意を伝えると、暫《しば》しの黙考の末に父が口を開いた。

「……いいだろう。だが、お前もウィンクラーならば、一度口にした言葉は違《たが》えるな。学園に通いたくば、首位であり続けろ」

繰り返される厳命にこれまで通り頷《うなず》く。一瞬、間を置いた父が言葉を続けた。

「……首席が確定した時点で婚約を発表する。婚姻は卒業と同時でも構わん」

「お父様っ！」

父の言葉に胸が熱くなる。

王家との関係を考慮し、婚約は卒業後、婚姻に至っては更に周囲の反応を見定めてから──下《へ》手《た》をすれば、アレクシス殿下とソフィアの婚姻後であろうと予想していた。それが、最短での婚姻を許すと言う父。

不覚にも目の奥にこみ上げるものがあった。認められたことへの感謝に頭を下げる。顔を上げ、こみ上げるものを見られる前に部屋を退出しようとしたところで、背後から父の呟《つぶや》きが聞こえた。

「……私も、かつて、陛下に同じものを見た」

振り返って確かめるが、父の視線はこちらにない。

「私にとっては、陛下こそが護国だ」

独り言のようなそれに返す言葉を探して、思い当たったのは、かの方の献身だ。

「では、フリード様の陛下への忠誠に感謝しなければなりませんね。……嫁《とつ》いだ先でお父様と剣を交えるような真似をせずに済みそうです」

こちらを見ぬまま父が「フッ」と小さく笑った気配を背に、部屋を出る。

自身の部屋へ向かう途中、廊下を二つ曲がった先に、久しぶりに目にする存在が立っていた。私を待ち伏せていたのか、じっと佇《たたず》んだままの男にこちらから声をかける。

「お兄様。お久しぶりでございます」

「いい気なものだな。辺境での田舎《いなか》遊びはどうだった？」

虫の居所でも悪いのか、思っていた以上に喧嘩腰《けんかごし》な兄の第一声に身構え直す。

「……大変、充実したものとなりました」

「ふん。ソフィアが妃教育で苦心している間、お前は呑気《のんき》に遊《あそ》び呆《ほう》けていたというわけだ。それは、さぞかし有意義な時間だったろうな」

（ああ、なるほど……）

兄の言葉に、どうやらソフィアの妃教育がはかばかしくないらしいと知る。彼の機嫌が悪いのもそれが原因だろうが、私が八つ当たりされる謂《いわ》れはない。ソフィアとて私に妃教育の内情を知られたくはなかっただろう。

あまり人のことは言えないが、兄は他人の機微に無頓着《むとんちゃく》なきらいがある。

「お前に騙《だま》されている辺境伯閣下はお可哀想だな。だが、まぁ、ウィンクラーのため。精々、閣下に媚《こ》びて捨てられんようにしろ。お前には後がない」

吐き捨てられた最後の一言に、神経を逆撫《さかな》でされた。

「後がない」など、私はとうに自覚済み。それでこちらを追《お》い詰《つ》めたつもりか、薄笑いを浮かべる自分そっくりな顔に言い捨てる。

「お兄様こそ、もう後がないのですから。精々、足元を掬《すく》われないようお気を付けくださいませ」

「何だと？」

兄の視線が訝《いぶか》しげなものに変わった。だが、この時点で自身の危《あや》うさを理解していない相手に忠告など無意味だ。

言い捨てるだけ言い捨てて、もの問いたげな視線には何も答えず、背を向けた。

◆
◆
◆

「ハァー、夏休みがもう終わっちゃう……」

王宮の庭園の片隅に一人きり、ため息がこぼれ落ちた。

最初は訪れるだけで気分が高揚《こうよう》していた王宮も、王太子妃教育で一月《ひとつき》も通い続ければ、いい加減、感動も薄れる。

（勝手にあちこち見て回ることもできないしなぁ）

今いる庭園は数少ない「立ち入り可」の場所だが、入《い》り浸《びた》りすぎたせいですっかり見飽きている。

それでもこの場所にいるのは、妃教育で一日中閉じ込められている部屋から抜け出すためだった。

あのままでは息が詰《つ》まりそうだったから。

「あー、もうー、疲れたぁ……！」

こぼした弱音に応えてくれる人はいない。

ただでさえ得意とはいえない語学の授業は、教師との相性が悪いせいで疲労が溜《た》まる一方だ。二言目には「クリスティーナ様なら」と比較してくる教師とは、どうやっても折り合いをつけられそうにない。

(大体、エンブラント語なんて、完全な死語じゃない)

既《すで》に滅亡した国の公用語を覚えることに何の意味があるのか。そう愚痴ってみても、「それが王族としての教養だ」と言われると、受け入れるしかない。実際、エンブラント語は学園や王家の式典で使われるから、本気で逃げ出すわけにもいかなかった。

(他の外国語と違って、会話しながら覚えるっていうのができないのが辛《つら》いんだよね)

エンブラント語を読める人間は少ないが、話せる人間に至っては、王族や高位貴族のごく一部しかいない。そのため、文字を追っての勉強が中心となり、やる気がまったく続かなかった。

(アレクシスが相手をしてくれるなら、凄《すご》く頑張れるのに)

卒業式の日、流暢《りゅうちょう》なエンブラント語で答辞を読んだアレクシスの姿を思い出す。

(けど、忙しいアレクシスにそんなこと頼めない、よね……)

毎日王宮に通っていても、アレクシスに会えるのは一週間に一度か二度。忙しい彼の時間を自分のために使わせるのは申し訳なかった。それに、折角《せっかく》会えるのであれば、勉強などではなくもっと楽しい時間を共有したい。

結局、エンブラント語の練習は、性格の悪い教師相手にしなければならないのかと憂鬱《ゆううつ》な気持ちに陥《おちい》ったところで、背後に人の気配を感じた。

「……ソフィアか」

淡々とした声で名前を呼ばれ、咄嗟《とっさ》に「最悪だ」と思う。逃げ出したかったけれど、無視するわけにもいかなくて、振り返る。その先、予想通りの人物の姿に顔が引きつりそうになるのを必死で堪《こら》えた。

「こんにちは、ユリウス様。……えっと、最近、よくこちらにいらっしゃいますね？」

「……それは、私が暇《ひま》をしているように見えるということか？」

「え、そんな！　そんなことないですよ！　ただ、よく会うなぁって思っただけで」

普通の会話のはずが、感情の見えないユリウス相手では変に緊張して、まったく気が抜けない。

「……殿下に呼ばれて手伝いをしていた。その帰りだ」

「ああ！　そうなんですね？」

自分がなかなか会えないアレクシスに会っていたというユリウスに、軽い苛立《いらだ》ちを感じた。それを誤魔化《ごまか》して笑う。

「私はちょっと休憩中です。さっきまでエンブラント語の授業だったんですけど、やっぱり、難しくて……」

相槌《あいづち》一つ打つことのない相手に、何とか間を持たせようと言葉を探した。

「王太子妃教育って、本当にやることがたくさんあって大変です。結局、夏休み返上になってしまいました」

冗談めかしてそう口にすると、ユリウスからは淡々とした答えが返ってくる。

「それが王太子妃に求められるもの、国を背負って立つ者の義務ならば、やるしかないだろう」

「……そう、ですよね」

(分かってるよ、そんなこと……)

分かっているし、既《すで》に頑張っている。なのに、ユリウスは、会う度に同じような説教ばかりを繰り返す。邪険にもできないため相手はするけれど、正直かなり面倒くさい。

(ああ、もう、失敗したなぁ……)

アレクシスと常に行動を共にしていたギレスと違い、ユリウスとの接触は避けようと思えば避けられた。ただ、どうしても知りたかった情報、「クリスティーナが転生者である可能性」を探《さぐ》るために、ユリウスとの仲もある程度は進展させたのだ。

結局、ユリウスの話から、クリスティーナに原作との差異はないと分かったので、今はこちらから彼に接触する理由はない。なのに何故《なぜ》か、最近では、彼のほうが積極的に関わってこようとする。かと言って、彼との会話が弾んだことは一度もなかった。

「……殿下が望まれたとはいえ、殿下の妃になることを選んだのは貴女自身だ。今さら後悔する程度の覚悟しか持たぬ者に、殿下の隣に立つ資格はない」

「えっと、はい、後悔はしてないです。ただ、ちょっと……」

「ちょっと？　何だ？」

少しの弱音も愚痴も許さない、正論しか言わない男に、私の気持ちなんて分かるはずがない。何度も聞かされた説教に、漏れそうになるため息を呑み込む。

(本当は、もっと仲良くなれば、ユリウスだって優しい言葉をかけてくれるようになるんだけど)

知っていても、これ以上、ユリウスとの関係を深めるわけにはいかなかった。私が選んだのはアレクシスで、守りたいのは彼との幸せ、彼とずっと一緒にいられる未来なのだから。

「……あの、話を聞いてもらってありがとうございました。私、そろそろ部屋に戻ります」

無理に笑ってユリウスに頭を下げる。逃げるようにその場を離れようとしたところで、温度の感じられない声で呼び止められた。

「……ソフィア、私で良ければ付き合おう」

「え?」

「エンブラント語の習得が難しいのだろう?　……練習相手が必要ならば、私が付き合ってもいい」

淡々と告げる彼の言葉が予想外すぎて、返事に詰《つ》まる。

(あれ?　こんなイベント、あったっけ?)

ゲームの内容を思い出そうとしてみるが、まったく思い出せない。元々、クールキャラが苦手で、ユリウスルートは一度しかクリアしていないため、これがイベントなのかどうかの判断がつかなかった。ただ、ここで「はい」と答える理由はない。

「ありがとうございます、ユリウス様。お気持ちはとっても嬉しいです。でも、もう少しだけ、自分で頑張ってみたいと思います」

そう言って頭を下げたが、表情のないユリウスが何を考えているのかは分からなかった。

「あの！　お気持ちは本当に嬉しかったです！　では、私はこれで！」

言い捨てて、今度は彼が何かを言う前に逃げ出す。後ろは振り向かず、小走りになりながら庭園を離れる。

呼び止められることなく庭園を抜け出したところで、大きく安堵《あんど》のため息をついた。

（あーあ、結局、全然、気分転換にならなかったなぁ……）

重い気分を引きずったまま、教師の待つ部屋に足を向けた。

第五章　変わり始めた世界

タールベルクより王都へ戻った三日後。学園の後期が始まったその日の放課後に、以前に一度訪れたことのある教官室を訪ねた。

扉を叩き、誰何《すいか》の声にクリスティーナ・ウィンクラーの名を告げる。返ってきたのは無言の時間だった。再度、戸を叩くと漸《ようや》く扉が開き、中から苦虫を嚙《か》み潰《つぶ》したような顔をした男が姿を現す。

「……何しに来やがった」

「お願いがあってまいりました。温室前の広場を使用させてください」

「駄目だ」

いつかの再現のよう。使用目的も聞かずに拒否した教師、オズワルドの言葉に、漏れそうになるため息を吞み込んだ。

これが、前回申請した魔術演習場であれば、魔術科の生徒以外には貸し出せないという理屈も分かる。だが、温室前の広場はあくまで共有のスペース、本来なら使用に許可など要《い》らない。人の出入りも少ないため、私の目的のために周囲に迷惑をかけるということもないのだが、ただその目的が目的なので、管理者に一応の許可を得ようと声をかけたのだ。

(他の先生なら、簡単に許可されたはずなのに……)

温室を含むその周辺が魔術科主任であるオズワルドの管轄《かんかつ》だったのは——お互いにとって、とても不幸な偶然だった。

「……あそこには魔法障壁がない。あんな場所で好き勝手やられたら困るんでな」

「攻撃魔法は使用しません。仮に使用すれば、すぐに感知されるはずです。そうなった場合は、広場の使用を禁止していただいて構いません。どうか使わせてください」

「何と言われようが、駄目なもんは駄目なんだよ。……目的なんて関係ねぇ。俺がお前に何かを『許可』なんてするわけねぇだろ」

再度の要求も拒否したオズワルドがせせら笑う。私の願いである以上、聞く耳を持つ様子のない彼の態度に、こちらも腹を括《くく》った。

「……でしたら、仕方ありません。私も、先日のボルツ先生の改竄《かいざん》事件について、学園長に追加報告をさせていただこうと思います」

こちらの切ったカードに、オズワルドが過敏に反応する。

「クソッ、やっぱりそういうことかよ!? 不問にするなんてほざきやがったくせに！ 結局、脅《おど》しの材料にするんじゃねぇか！」

「いえ。不問にするという言葉に嘘はありません。脅《おど》し？ になるかどうかは、ボルツ先生の感性と良識によります」

「はぁあっ？」

不機嫌を露《あら》わにするオズワルドに、彼にもきちんと伝わるよう説明する。

「先日の答案用紙改竄《かいざん》の動機について、結局、ボルツ先生からの釈明はありませんでしたよね。今なら教えていただけますか？」

そう尋ねはしたが、答えられるはずなどないだろう。黙り込んだ彼に追い打ちをかける。

「であれば、私がボルツ先生の言葉から推察した動機を、学園長にお伝えしようと思います。……動機は、おそらく、ソフィア・アーメント様への恋慕《れんぼ》によるもの、と」

「っ⁉　てっめぇ！」

ソフィアの名に、オズワルドが一瞬で激昂《げっこう》した。けれど、次の瞬間には、あっさりとその表情を消し去る。

「……そんな動機はあり得ねぇよ。大体、学園長が、んな話を信じると思うのか？」

いっそ不自然なくらいに完璧な平静さで嘯《うそぶ》くオズワルドの姿に、彼がこの手の追及を想定していたことが窺《うかが》える。

「俺はこれでも十年近くここで教師をやってんだ。今までに生徒と問題を起こしたことなんて、一度もねぇ。相手がソフィアだろうと同じだ。……下手《へた》な邪推は止《や》めろ」

（確かに。嘘は言っていないみたい……）

実際、彼がソフィアに対して何かしらの行動に出たことはないのだろう。行動に移していない以上、動機を恋慕《れんぼ》とするには裏付けが足りなかった。それはオズワルドも分かっているに違いない。余裕の笑みさえ見せる男に告げる。

「……それでも、学園長のお耳には一言入れておこうかと思います」

「ふざけんな。んなことして、何の意味があんだよ」

「さぁ？　先生がご自身の良心に何ら恥じることはないと仰《おっしゃ》るのなら、何の意味もないかと……。ですが、学園長は私の一方的な話だけでは判断なさらないと思います」

そう、別に私がオズワルドの恋慕《れんぼ》を立証する必要はない。

「おそらく、ボルツ先生にも真偽を確かめられるのではないでしょうか。その時に、ボルツ先生がどこまで正直にお答えになるのかは先生次第。……先生は、敬愛してらっしゃる学園長相手にも私と同じ返事をなさいますか？」

「なっ⁉」

「学園長にとっては、ボルツ先生が不正を働いたこと自体があり得ないことでしょうから。或《あ》るいは、突飛に思える動機にも納得していただけるかもしれません」

オズワルドの顔が怒りに歪《ゆが》んだ。向けられる憎悪の眼差《まなざ》しに、あと一歩を確信する。

「その場合は、そうですね？　ボルツ先生が、一回り歳下《としした》の教え子に恋情を抱いたことを恥じず、私怨とも言える動機で不正を働いたことを誇れる感性をお持ちかどうかによりますが……、私の報告は立派な脅《おど》しになり得ますね」

「……てめぇは、ほんと、性悪だな」

「あら？　ご存じでいらっしゃったのではありませんか？」

オズワルドの口元が引きつり、顔色が赤からどす黒い色に変わる。

煽《あお》るつもりはなかったのだが、自分でも余計だと思う一言を口にしてしまったのは、やはり、それなりにこの男の態度に腹が立っていたせいだ。余計ついでにもう一つ、彼にとっての最大の弱点を突いておく。

「今の話をボルツ先生が否定されたところで、学園長が不審に思われれば、魔術科の担任を外される可能性は十分にあるかと……」

「ふざけんなっ！」

担任を外される。それは、純粋に魔術教師として「自分が最も優れている」という自負のあるオズワルドにとっては致命的だろう。成績の落ちたソフィアの今後の成長を考えると、彼自身が担任であることが最善だと考えているはずだ。

（こちらとしては、彼が外れてくれたほうが助かるけれど）

今にも怒鳴り出しそうな表情のオズワルド。けれど、おそらくたくさんの罵詈雑言《ばりぞうごん》を呑み込んで、彼が口にしたのは一つの質問だった。

本来なら、最初に問うべきこと。

「……あそこで何をするつもりだ？　何に使う？」

漸《ようや》く得られた建設的な問いに、内心の安堵《あんど》を隠して答える。

「身体《からだ》を鍛《きた》えるため、剣を振る場所が欲しいのです」

「は？　剣だと？　お前が？」

演習試合への参加については、敢《あ》えて触れなかった。ここでまた話が振り出しに戻っては困る。

納得がいっていないそうなオズワルドに、それらしい建前を口にする。

「先生もご承知のように、学園内においても私の身は安全とは言えません。ですので、ある程度、自衛できるようになっておきたいのです」

そう告げると、オズワルドから拒絶の言葉は返ってこなかった。

「私が自衛できれば、先生も後味が悪い思いをされずに済むのではないでしょうか？」

「……そんな簡単な話じゃねぇだろ」

「ええ。それでも、できる努力はしておきたい性分なのです」

探《さぐ》るような視線を受け止め続ける。先に視線を逸《そ》らしたのは彼のほうだった。

「魔術の練習は許可しない。……魔術の発動を一度でも検知すれば、以降の使用は一切認めない。理由を問わず、だ」

「はい。承知しました」

「……チッ、だったら、後は勝手にしろ」

舌打ちと共にそう言い捨てたオズワルドは、そのまま部屋の中に戻っていく。目の前で閉められた扉に向かい、私は黙って頭を下げた。

自主練習を始めるにあたって、トリシャとウェスリーの二人には、温室前で鍛錬《たんれん》を行うことを告げていた。明確な約束をしていたわけではないが、図書館で毎日のように顔を合わせていた私が姿を現さなければ、二人が心配するだろうと考えてのこと。自惚《うぬぼ》れでなければ、その程度には、二人との距離が近くなっていた。

ただ、それはあくまで報告であって、私としてはこんなはずではなかったのだけれど――

「へぇ！　流石《さすが》、クリスティーナ様！　本当に練習場所ぶんどっちゃったんすねー」

「お姉様！　その服はどうされたのですか？　お姉様のそのような恰好《かっこう》は初めて見ました！　とても凛々《りり》しくて素敵です！」

「……ありがとう。タールベルクを出る時に、トマスにフリード様の子どもの頃の服を貰《もら》ったの」

鍛錬《たんれん》しやすいようにと与えられた服を見下ろしてから、目の前の二人に視線を戻す。

「……ねぇ？　何故《なぜ》、貴女たちがここにいるの？」

いつもなら、トリシャは図書館で勉強している時間、ウェスリーも、騎士科の鍛錬《たんれん》に参加しているはずなのに。

「お姉様の応援に来ました！」

「トリシャ、貴女は自分の勉強があるでしょう？」

「それは、そう、なんですけど！　あの、でも……！」

言《い》い淀《よど》むトリシャの代わりに、ウェスリーが口を挟む。

「トリシャはクリスティーナ様のことを心配してたんすよ。こんな人気《ひとけ》のない場所で一人で鍛錬《たんれん》なんてして大丈夫なのかって。あとついでに、寂しいんじゃないかって」

「そう、だったの？　…ごめんなさい、ありがとう、トリシャ」

「いえ、違うんです！　私が勝手に騒いでるだけなので、お姉様は気になさらないでください！」

慌てて首を横に振るトリシャの姿に、忘れそうになっていたことを思い出す。

学園では、一人行動が当たり前になってしまったが、タールベルクでの私は決して一人ではなかった。いつも誰かが傍《そば》にいてくれた。

「……そうね。私も、ずっと一人は寂しいかもしれないわ。トリシャが、時々遊びに来てくれる？」

「いいんですか!?」

「ええ。図書館にもなるべく顔を出すつもりだから、その時は、また一緒に勉強しましょう？」

今度は、確かな約束をした。それも二つも。

「ウェスリーもトリシャと一緒に見に来てくれる？　一人では、どこがおかしいのか分からなくなるのよ。また指導してもらえると助かるわ」

「俺はトリシャの行くとこならどこでもついてくので。ついでで良ければいくらでも見ますよ。あー、ただ、フリード様には内密でお願いします。『俺のいないところで』って面倒くさいことになると困りますから」

そう言って不遜《ふそん》に笑うウェスリーにつられて笑う。

ただ、ウェスリーの協力は取り付けたものの、その日以降も自主鍛錬《たんれん》は基本的に一人で行っていた。内容も、広場を中心に長距離を走り、剣を振るというシンプルなもの。

身体強化については——魔術探知に引っかかる可能性は殆《ほとん》どないが、演習試合を見据《みす》えて秘匿《ひとく》することにした。

魔術科や騎士科の人間との実力差が、半年程度の鍛錬《たんれん》で埋まるものでないことは重々承知している。私が彼らに長じるところがあるとすれば、辺境騎士団の実戦を目にしたことがあるということと、ウェスリーに褒められた身体強化の腕前くらいのものだ。

ならば、手の内はできるだけ晒《さら》さずにいようと、身体強化に関しては、週末ごとにウィンクラー邸に帰ることで練習場所を確保した。

そうして、学園内でひっそりと剣を振り始めて凡《およ》そ一月《ひとつき》、週に一度はトリシャとウェスリーも加わる鍛練《たんれん》を繰り返し、ウェスリーにも、「打ち合いが様《さま》になってきた」と評されるようになった頃、異変が起きた。

(え……?)

その存在に気付いたのは偶然だ。

鍛練《たんれん》の邪魔にならないよう一括《ひとくく》りにしていた髪がほどけ、落ちた髪紐を拾うために振り返って地面に手を伸ばしたところで、視界に入った人影。遠目にも、見覚えのある立ち姿に、一瞬、身体が強張《こわば》った。

(どうして彼が？　……見間違い？)

気付かなかった振りで髪紐を拾い、顔を上げるタイミングで、もう一度その姿を盗み見る。

(……やっぱり、見間違いじゃない)

広場を挟んで温室の反対側にある渡り廊下に佇《たたず》む男は、この場にいるはずのない男だった。

——ギレス・クリーガー。

アレクシス殿下の護衛である彼が、何故《なぜ》一人でここにいるのか。殿下に私の監視でも命じられているのか、或《ある》いはもっと別の意図があってのことなのか。

嫌な想像に一瞬、身体が震えたが、すぐにそんなことはあり得ないと打ち消す。

（大丈夫よ。アレクシス殿下が、今さら私へ手を出すことはない）

未だウィンクラーに籍のある私を害せば、当主である父が動かざるを得なくなる。過剰な制裁はウィンクラーを敵に回すと、殿下も理解しているだろう。

（だから、大丈夫……）

そう自分に言い聞かせ、剣を握り直した。先ほどまでとは身体の向きを変え、ギレスが視界に入る位置に立つ。これなら、彼が動けばすぐに気付ける。

ふと見下ろすと、剣を持つ手が震えていた。脳裏に甦《よみがえ》ったのは、あの日、ギレスがこちらに向けた剣、その切っ先の鋭さだ。

彼は王太子殿下の騎士、命じられれば人も斬る。

あの瞬間は麻痺《まひ》していたが、今ははっきりと恐怖を感じていた。

（……情けない）

そっと、右手にあるガラス張りの建物を確かめる。

希少薬物や魔導植物が栽培されている温室は管理が厳重で、ガラスにヒビが入るだけで警報が鳴る。ここを鍛練場所《たんれんばしょ》に選んだ理由の一つがこの警報の存在で、万が一の場合は、ガラスを割ってでも危険を回避するつもりでいた。

（立ち向かえなくても、逃げることはできる）

それを確かめてから、剣を握りしめる。握った感覚の鈍さを無視して、構えた。

自身の失敗を悟ったのは、最初の一振りを振った瞬間。剣を振り切る前に、マズいと気付く。握る指先に力が入っていない。自覚するのが数瞬遅く、殺せなかった勢いのまま、剣が手からすり抜ける。

「ッ！」

明後日《あさって》の方向に飛んでいった剣。同時に、掌《てのひら》に走った痛みに呻《うめ》く。剣を手放した弾みで、掌《てのひら》にできていた水ぶくれが破れる。痛みに耐える間、動きが完全に止まった。

◆　◆　◆

彼女の存在を知ったのは偶然だった。

乞《こ》われて参加している騎士科三年の鍛練《たんれん》を終え、王宮へ帰還しようと学園の廊下を通りすがった時に見かけたのが始まり。剣を振る人がいるという慣れ親しんだはずの光景に足を止めたのは、その剣を持つ人物に興味を引かれたからだ。

貴族令嬢であろう少女が化粧っけもなく、長い髪を一つに括《くく》って剣を振る。お世辞にも「良い」とはいえない剣筋。技術云々《うんぬん》の前に、「慣れ」さえ感じられない稚拙《ちせつ》さであったが、その姿には鬼《き》気迫《せま》るものがあった。

気付けば、魅入《みい》られたように少女の姿を眺めていた。

騎士科の生徒ではないだろう。彼女の技術では、騎士科に所属することさえ不可能だ。ならば、魔術科かと当たりをつける。攻撃魔法に特性のない魔術科の生徒が、攻撃手段として剣を手にすることはままあること。女性で、というのは珍しいが、あり得ないことではない。

（……だが、三年ではない、な）

今の魔術科三年の生徒に関しては、その殆《ほとん》どを把握している。殿下の供をして何度も魔術科の教室に足を運び、殿下の命で教室の生徒に睨《にら》みを利かせたこともあった。それは全て、たった一人の存在のために。

——ソフィア・アーメント。

その名を思い出すだけで、未だ僅《わず》かに胸が軋《きし》む。

脳裏にチラつく笑顔はとうに諦めたはずのもの。出会った時には、既《すで》に他の男——自身の主《あるじ》を想っていた少女は、己に初めての感情を教えてくれた。彼女は、今、己が剣を捧《ささ》げた相手の隣で笑っている。

（今は、これで良かったと思える。……彼女が、ソフィアが笑っていられるなら）

彼女の居場所は殿下の隣。

ならば、己は守ろうと思った。殿下と殿下の隣に立つ彼女を。

胸の痛みなどなかったことにできる、自身の想いなど知られずとも良い。ただ、これから先の二人の治世に剣を捧《ささ》げようと誓う。

遠目に剣を振る少女のひたむきな姿に、あの日の誓いを思い出す。

（感謝しなければならないな）

ただ一心に何かに向かって剣を振る姿は、自身が忘れかけていたもの。日々の雑事に紛《まぎ》れて摩耗《まもう》していた、だが、決して忘れてはならない己の原点だ。

その日から、自らの鍛練《たんれん》にも、騎士科の鍛練《たんれん》にも力が入るようになった。これまでも手を抜いていたつもりはなかったが、それでも、惰性《だせい》に流されかけていた己に気付けたことに、名も知らぬ少女に感謝する。

そうやって彼女に抱いた一方的な感謝の念、親近感が別の形の想いに変わるのに時間はかからなかった。

週に二、三度、遠目に眺めるだけ。それだけの相手に抱く想いが恋情だと気付けたのは、それが、かつてソフィアに抱いたものと同じであったからだ。

だが、あの時とは違うものもあった。

(近づきたい)

見ているだけでは足りない、彼女と話をしてみたいという欲。

彼女が何故《なぜ》そこまで必死に剣を振ることができるのか、その理由を知りたいと思った。そして、できうるならば、彼女と共に剣を振るいたい、己の手で彼女を高みへと連れていきたいとさえ願うようになる。

今度は、諦める必要はない。

だが、想いを伝えるどころか、彼女にどう話しかけていいのかさえ分からずに、徒《いたずら》に時間だけが過ぎていく。

そんな悶々《もんもん》とした想いをかかえながら、彼女と出会って一月《ひとつき》が経った頃、突然の機会が訪れた。

汗で滑ったか、振るった剣を飛ばしてしまった少女。直後、右手を押さえて動きを止めた彼女の様子に思い当たるものがあった。

（クソッ……！）

もっと早く声をかけておけば良かったという後悔と共に、彼女のもとに急ぐ。近づくにつれ、彼女がこちらを警戒しているのが伝わってきた。周囲と己を油断なく観察している。退路を探《さぐ》る眼差《まなざ》しに、胸が痛んだ。

己の見た目が人に威圧を与えるのは承知しているが、何と言って安心させれば良いのかが分からない。相応《ふさわ》しい言葉など出てこず、結局、騎士科の連中を相手にする時と変わらぬ台詞《せりふ》を口にした。

「手を出せ」

その言葉に更に警戒した彼女が逃げ出そうとする気配を感じて、一歩詰《つ》める。

「怪我をしたのだろう？　見せてみろ。……心配するな。危害を加えるつもりはない」

言いながら、反応を返さない彼女の手を勝手に取った。

触れた手の柔らかさに一瞬驚いたが、これは治療、騎士科で怪我をした連中を相手にするのと同じだと、自身に言い聞かせる。

「やはりな。水ぶくれか？　放置していたのか？」

「……ええ」

漸《よう》く返ってきた小さな返事に、内心で安堵《あんど》した。

少女の手を確かめると、剣を握り慣れていない手にできた水ぶくれが完全に破けている。表皮を失った手の赤味が痛々しく、持っていた包帯で応急の処置を施《ほどこ》した。

己の手で包み込めるほど小さな掌《てのひら》に包帯を巻きながら、何かを言わねばならない気がして口を開く。

「……無茶を重ねたところで剣は上達しない。怪我を庇《かば》えばおかしな癖がつく。その前に、せめて保護だけでもしておくべきだ」

「……ありがとうございます」

助言のつもりで口にした言葉に、俯《うつむ》いたままの礼が返された。

(違う……)

委縮させたいわけではない、ただ、話をしたかっただけ、彼女に良かれと思っただけで――

包帯を巻き終わっても未練がましく離せずにいた彼女の手が、僅《わず》かに震えていることに気付く。その手を離し、こぼれそうになるため息を呑み込んだ。

「……ではな、怪我には気を付けろ」

「はい」

最後まで視線の合わない少女にそれ以上の言葉は出てこず、別れを告げる。

委縮されることには慣れているが、今ほど、自身の口の重さを呪《のろ》ったことはなかった。後ろ髪を引かれる思いで、少女に背を向ける。

僅《わず》かに期待して歩調を緩めたが、少女が己を呼び止めることはなかった。

◇　◇　◇

「は？　ギレス・クリーガーがここに来たんすか？　え、それって、クリスティーナ様、かなり危なかったんじゃ？」

「ええ。私もそう思ったんだけど……」

「お姉様がご無事で良かったです！　本当に良かった！」

放課後。

いつもの鍛練場所《たんれんばしょ》で顔を合わせたトリシャとウェスリーに、先日この場で起きた出来事を話した。ギレス・クリーガーの謎の行動について自分では結論が出なかったために、第三者の意見が欲しかったのだ。

話をする際、かつてギレスに剣を向けられた件についても触れる。トリシャは顔色を失い、ウェスリーは顔をしかめた。ただ、そのギレスが傷の手当てをしてくれたことについては、二人にも妥当な理由が思いつかず、結局、三人で首を傾《かし》げる。

「俺が知ってる情報で言えば、ギレス・クリーガーって騎士科三年の鍛練《たんれん》に顔出してるんですよね。だから、まぁ、学園にいること自体は不思議じゃないというか、理由があるというか……」

「あら、そうなの？　だったら、私に関して何か命じられているわけではないのかしら。……きっと取り越し苦労ね」

ウェスリーの言葉に頷《うなず》いて、ならばやはり、身の危険というほどのことはないのかと結論づけようとしたところで、トリシャが恐る恐る口を挟んできた。

「でも、お姉様。一度、接触してきたということは、今後もということはありませんか？　お姉様お一人の時に、万一襲われでもしたら……」

「多分、その心配はない、はずよ」

トリシャを安心させるためにそう口にしながら、ここ数日のことを思い出す。

ギレスと接触したのが週の初め。その後も二度、姿を見せたのだが、両日とも遠くからこちらを観察するだけだった。彼が接近してくることがあれば、今度こそ躊躇《ちゅうちょ》せずに逃げ出そうと思っていたのに、肩透《かたす》かしをくらう。

（このまま、ずっと放っておいてくれたらいいんだけど……）

背後では、ガラス張りの温室が陽光を反射して煌《きら》めいている。

あの日、ギレスが少しでも妙な動きをすれば、ガラスを破壊するつもりでいた。ただ、容易に使える手ではないため、躊躇《ちゅうちょ》した隙《すき》に手を取られたのはマズかった。

（もし次があれば、その時は捕まる前に逃げる）

そう心構えを新たにしたが、結局、ギレスが私に温情らしきものをかけた理由については分からずじまいだ。おそらく、騎士道精神のようなものから、怪我人を放っておけなかったのだろうということに落ち着く。

それから暫《しばら》くの間、ウェスリーに打ち合いを付き合ってもらい、全身が疲労を訴えたところで鍛《たん》鍊《れん》を終えた。三人並んで女子寮への道を歩き始めた時、トリシャがソワソワと落ち着かない様子なことに気付く。

「トリシャ？　どうかしたの？」

「え⁉　いえ、あの、何でもありません！」

そう言って首を横に振るトリシャの「何でもなくはない」反応に、彼女をじっと見つめる。視線をウロウロと彷徨《さまよ》わせたトリシャだったが、意を決したのか、最後には弾むような声で告げた。

「お姉様！　実は、来月、お兄様が王都に出てこられるんです！」

「え、フリード様が？」

驚いて問い返すと、トリシャは満足げな笑みで頷《うなず》く。

彼女の言葉に、胸の鼓動が速くなった。何かを期待してこちらを見つめる彼女の瞳にどう返すかを迷う横で、ウェスリーが「あーあ」とため息をつく。

「トリシャ。その話はまだ確定じゃないから、クリスティーナ様には秘密にしとこうって言ってなかった？」

「そうだけど、でも、我慢できなかったの！　お姉様に喜んでほしくて！」

「それがぬか喜びだったらどうするつもり？」

揶揄《からか》うような彼の言葉に、トリシャが言葉に詰《つ》まった。不安げな彼女の視線がこちらを見上げる。

「……お姉様、ごめんなさい。まだ、お兄様が来られると決まったわけじゃないんです。ただ、秋になれば大型魔物の出現が減るので、そうすれば、お兄様も領地を離れられるんです」

トリシャの言葉に、彼女の横で頷《うなず》いたウェスリーが補足を入れる。

「ただ、まぁ、例外はあるんで、様子を見てから判断ってことになるんですよね。こっちは、フリード様の出迎え準備のために先に父から連絡が来ましたが、確定すれば、クリスティーナ様のところにはフリード様本人から手紙が届くと思いますよ」

その言葉に頷《うなず》いて、トリシャに視線を向けた。知らず弛《ゆる》んでしまう口元を自覚する。

「ありがとう、トリシャ。フリード様が会いに来てくれるつもりだと知れただけで嬉しいわ。もしお会いできなくても、お気持ちを知れて良かった」

「本当ですか？　お姉様、本当に喜んでいただけましたか？」

「ええ、勿論《もちろん》よ」

（フリード様にお会いできるかもしれない……）

タールベルクで別れを告げてから、まだたったの一月《ひとつき》。日頃は意識せずにいられても、こうして彼の名を出されると、心が勝手にあの日々に戻っていく。

（……会いたい）

あの笑顔に、私を「クリスティーナ」と呼ぶ声に——

誰かに会いたくて泣きそうになるなんて、初めての経験だ。

「……お会い、したいわね」

「それ、手紙に書いてあげてくださいよ。本人、張り切って仕事片付けて来ると思うんで」

こぼした本音に、ウェスリーが困ったように笑う。彼の言葉に、私は笑って頷《うなず》き返《かえ》した。

そんな話をした日から一週間後。フリードから私と父宛てに、「ウィンクラー家訪問の許可」を求める手紙が届いた。

フリードから手紙の届いた更に一週間後。

その日は、授業が終わると共に公爵邸に戻った。

日の落ち始めた夕刻には、侍女の手により晩餐《ばんさん》の身支度を整えられる。自身の支度が終わって幾《いく》ばくもしない内に、待ち人の到着が告げられた。

急《せ》く気持ちを押し込めて向かった玄関ホール、階段の下を見下ろすと、父と兄の二人と挨拶《あいさつ》を交わす偉丈夫《いじょうふ》の姿が目に飛び込んでくる。

(フリード様……)

音にせず呼んだ名に、貴公子然とした衣服に身を包んだその人がこちらを見上げた。

待ち望んでいた人がそこにいる。目が合った瞬間、彼が浮かべた満面の笑み。これ以上ないほどの喜びを伝えられて、それだけで胸がいっぱいになった。

自分の意思を無視して走り出そうとする足を抑え込み、一歩、一歩、階段を下りていく。下り切ったところで、先に我慢ができなくなったのはどちらだったのか――

「クリスティーナ!」

「フリード様!」

思わず小走りになった私が二、三歩進むよりも速く、大股でホールを横切ってきたフリード。彼の大きな身体で抱き締められる。はしたないことだと分かっていても、彼の腕を振り払うことができない。自覚していたよりずっと切望していた温《ぬく》もりに、身体中が歓喜に満たされるのが分かる。

その温《ぬく》もりが、やがてゆっくりと離れていった。

「……クリスティーナ。すまない。会ってそうそう、こんなことをするつもりは……、いや、するかもしれんとは思ってたんだが」

困った顔で言い訳のような言葉を口にするフリードに首を横に振る。彼の口から「ふう」と吐息が漏れた。

「会いたかったんだ、ずっと。貴女が傍《そば》にいないのは寂しい、身を切られるほどに辛《つら》い」

真っすぐに吐露《とろ》される想いに、「私もだ」と答えたいのに。口を開けば涙がこぼれ出しそうで、震える唇を噛《か》む。代わりに、彼を見上げる視線に想いを込める。

不意に、横から父の声がした。

「辺境伯殿、ささやかではあるが、伯の訪問を歓迎して晩餐《ばんさん》の用意をしてある」

「閣下。……失礼した。晩餐《ばんさん》への招待、感謝いたします」

父の声に、身体ごと向きを変えたフリードが綺麗に一礼し、それから、こちらに手を差し出す。

「では、クリスティーナ。今夜は私がエスコートさせていただいても？」

その手を取ると、軽く握り締められる。目と目で笑い合ったところで、チリとした視線を感じた。

視界の端《はし》に捉《とら》えたユリウスに、凍《い》てついた瞳を向けられている。それに気付かぬ振りで、フリードと並んで歩き出した。

家族三人が揃うこと自体、極めて稀《まれ》なウィンクラー家の晩餐《ばんさん》は、和《なご》やかとはいえないまでも、特に問題もなく淡々と進んでいった。主な話題は父とフリードの交わす領主としての情報交換で、互いに、王都近郊と辺境近くの情勢について意見を交わし合う。ただ、その間にも、フリードと、ふとしたタイミングで視線が合った。その瞬間だけ領主としての彼の表情が崩れることに、胸の内にいくつもの小さな灯が点《とも》る。

晩餐《ばんさん》が終わりを迎える頃、フリードが意を決したように口を開いた。

「閣下、王都へ滞在中、クリスティーナ嬢を外へ伴《ともな》う許可をいただけないだろうか？」

「外とは？　夜会へ同伴させるということか？」

「いえ。それもいずれはと考えてはいますが、今は街中へ出る許可をいただきたい」

「それは……、難しいな」

フリードの提案に父が難色を示すのは、私たちの婚約が未だ公表されていないためだ。二人で出歩く姿を見られ、下手《へた》な憶測を呼びたくはないのだろう。今の状況ではフリードを自分の醜聞《しゅうぶん》に巻き込んでしまう可能性が高く、私自身、それは避けたいという思いが強い。

「……時に、辺境伯殿はいつまで王都へ滞在するご予定か？」

突然、話題を変えた父に、フリードが一瞬、戸惑《とまど》ってから答えを口にする。

「二週間程度の予定ではありますが」

彼の答えに父が頷《うなず》いた。

「では、辺境伯殿、滞在を数日伸ばして、剣術大会に参加される気はないか？」

「剣術大会ですか？」

思わぬ言葉に、フリードだけでなく、私も内心で戸惑《とまど》う。

剣術大会と言えば、陛下主催の御前試合のことで、魔術の使用を禁じ、剣術のみで「王国一」を競うもの。王宮騎士団のみならず、各領地の騎士団から精鋭が集まり、騎士としての誉《ほまれ》を手にする大会に、既《すで》にタールベルクの当主であるフリードが参加することは異例だと言えた。

「伯の剣術の腕前についていては、クリスティーナから話を聞いている。純粋に、私も伯の強さ、辺境の武を見てみたいと思ってな」

「私の強さ、ですか？」

父の言葉に未だ戸惑《とまど》いを隠せないフリードの横で、薄《うっす》らとだが、父が何故《なぜ》こんなことを言い出したのかが分かってきた。おそらく父は、フリードの価値を高めたいのだろう。辺境という土地柄、王都の人間には実感しづらい「武のタールベルク」を、フリードの「強さ」をもって証明しようとしている。それも、フリードのためというよりは、タールベルクと縁づくウィンクラーの地盤を固めるため、といった意味合いが強い。

「純粋に」などと言いつつ、結局は権力の誇示なのだ。そんなものにフリードを巻き込まないでほしい。

と同時に、父の発言の根拠が、私の「フリードは強い」という報告なのだとすれば、誇らしく思う気持ちも否定できなかった。

「クリスティーナは、毎年、剣術大会を観戦している。伯が参加されるのであれば、会場で会うことも可能だろう」

父の言葉に、フリードの視線が確かめるようにこちらを向く。

(確かに、観戦はしていたけれど……)

それは、好んでというわけではなく、殿下の婚約者として公務に近いものだった。父は分かっていて、私を餌《えさ》にフリードの参加を引き出すつもりなのだろう。

それでも結局、私自身が自分の欲、「フリードに会いたい」、「彼が剣を振る姿を見たい」という思いに負けた。

「……観に、行きます」

「分かった！　ならば私も参戦しよう！」

即断して嬉しそうに笑うフリードに、僅《わず》かに申し訳なさが生まれる。ただ、それ以上に、彼の勇姿を見られる幸運に、胸の内が弾むのを抑えきれなかった。

父も満足したように頷《うなず》く。チラリと時計を確認した父の視線がこちらを向いた。

「クリスティーナ、そろそろ寮の門限だ。お前は学園に帰りなさい」

「……はい」

常ならば、このまま家で一泊する。父の言葉に違和感を覚えながらも首肯すると、その視線がフリードを向いた。

「辺境伯殿も。帰りの馬車はこちらで用意しよう」

「ああ、いえ。馬車を待たせているので、お気遣いいただく必要はありません」

「いや、申し訳ないが、タールベルクの馬車にはそのままお帰りいただこう」

父の言葉にフリードも違和感を抱いたのか、思わず二人で顔を見合わせる。こちらの困惑など気にも留めない様子で、父が言葉を続けた。

「伯には手数をかけるが、クリスティーナと同乗し、寮まで送っていただきたい」

「えっ⁉」

フリードの驚きの声に被せるように、父が軽く頭を下げる。

「クリスティーナは伯の妹御とも親しいと聞いている。妹御の友人として、今後、タールベルクの邸を訪問することもあるだろう。これの親として、伯の手を煩《わずら》わせることを先に詫《わ》びておこう」

「閣下、それは……」

実質的なタールベルク邸への外出許可。どうやら、人目を避けての逢瀬《おうせ》は認めてくれるらしい父の言葉に、フリードが頭を下げる。

「ウィンクラー公、感謝いたします」

顔を上げたフリードと視線が合う。二人で、微《かす》かに笑い合った。

◆ ◆ ◆

邸の玄関口、父と並んで、北の辺境伯とクリスティーナが馬車に乗り込むのを見送る。

（何だ⁉　何なのだ、アレは！）

　グルグルと胸の内でとぐろを巻く不快を押し殺し、馬車が走り出したのを見送ったところで父を振り返った。

「父上、あれは何なのですか？」

「……あれとは、何だ？」

「っ！　言わずともお分かりでしょう！」

　こちらの怒りは伝わっているだろうに、己の怒りも不快も興味がないとばかりに邸内に戻る父の後を追う。

「あれを、あんなものを！　クリスティーナと辺境伯の婚姻を、本当にお認めになるつもりなのですか？」

「ふん。何が不満だ？」

「それはっ！」

　問われて、胸の内を掻《か》き乱《みだ》すこの不快の正体を探《さぐ》る。

「私は……、私は辺境伯があのような男だとは聞いておりません。クリスティーナに対して、まさか、あのような！」

「クリスティーナの婚約は、伯に乞《こ》われてのものだと伝えてあっただろう」

「それは、確かにそうですが……」

　ただ、それはあくまで、クリスティーナの正体を知らぬが故《ゆえ》の辺境伯の一方的な想い、もしくは、ウィンクラーとの繋がりを求めての政略、そう考えていた。それが、今日、初めて目にした二人の姿はまるで――

「恋情による婚約では不満か？」

「っ⁉　不満というわけではありません。ですが……」

だが、何だろう――？

先ほどの、まるで想い合う者同士のような二人の姿に感じたのは、怒りを覚えるほどの不快だった。自分と同類だと思っていたクリスティーナ。他人に心を開かず、ウィンクラーとしての責務に生きるはずの妹が見せた「女」の顔が、どうしても許容できない。

（クソッ！　何故《なぜ》、こんなにも……！）

クリスティーナに感じているはずの怒りに、浮かぶのは、いつも怯《おび》えた笑みを見せる少女の顔だ。彼女を虐《しいた》げ、彼女から笑みを奪ったクリスティーナが幸福であるのが許せない。

そしてそれ以上に、同類であるはずの妹が、己が得られなかった想いを手にしたことが――

「……クリスティーナは学園卒業と同時に嫁《とつ》がせる。お前も、その心づもりでいろ」

「なっ！」

父が無造作《むぞうさ》に告げた言葉に妹への憎悪が増す。

何故《なぜ》、クリスティーナだけが望んだものを手に入れられる？　己がただ一つ望んだものは、決して手に入らないというのに。

「……父上」

「何だ？」

「これ以上、クリスティーナを学園に通わせる必要があるのですか？　辺境伯のあの様子では、さっさと嫁《とつ》がせてしまっても問題ないのではありませんか？」

クリスティーナへ向かう憎悪が、言葉となって溢《あふ》れ出《だ》す。

「すぐにでも、学園を辞めさせるべきです」

消えてしまえばいい。辺境なりどこへなりとでも行って、己の目の前から消え去ってしまえばいいのだ。そうなれば、まだ、クリスティーナを許せるというもの。

だが、せめてもの願いは、父の言葉によって阻《はば》まれた。

「誓約は誓約だ。クリスティーナが誓いを口にし、私がそれを認めた。クリスティーナ自身が言葉を違《たが》えん内は、私も自身の言は守る」

「しかし！　あのような腑《ふ》抜《ぬ》けた状態で学園に通う意味などないでしょう!?　あれでは、ウィンクラーの恥さらしに――」

口にした言葉を最後まで言い切る前に、父の向ける眼差《まなざ》しの鋭さに気付く。

「……ユリウス、お前は本気で言っているのか？」

ヒヤリとするほどの怒りを滲《にじ》ませた声に、息を呑んだ。

「たとえ勢いであったとしても、それ以上、愚かな言葉を口にするな。お前の継嗣《けいし》としての適性を疑う」

「そんな!?　私は、ただ……！」

何が父の逆鱗《げきりん》に触れたのか、冷たい怒りの正体が分からずに続く言葉を失う。張《は》り詰《つ》めた空気、音のない空間に、父の嘆息《たんそく》が聞こえた。

「クリスティーナに関して、お前が口出しすることは許さん」

父の命、はっきりとした拒絶に、言葉もなくただ首肯した。

「あれのことに口出しする暇《ひま》があるのなら、お前は自身の婚姻相手をどうするか決めろ。そのための自由は与えているはずだ」

「私は……」

己が望むのはただ一人。だが、その一人は――

「ソフィア・アーメントのことは諦めろ」

「っ⁉」

「殿下との婚約が成った以上、想うことも許されん。王家との不和を招くような真似はするな」

父の言葉に、肝が冷える。いつから気付かれていたのか。誰にも明かしていない胸の内を見透《みす》かされたことに、恐怖と羞恥《しゅうち》を覚えた。

(想うことも許されないと言うのなら、私のこの想いはどうすればいいと言うのだ！)

痛む胸を押さえるが、行き場のない想いは昇華することもできずに己を縛る。

(クリスティーナさえ……！)

クリスティーナさえ殿下を繋ぎ止めておくことができれば、許されたものを。

婚約者一人繋ぎ止め切れずに、自分だけ他の幸せを掴《つか》もうとしているクリスティーナがどうしようもなく憎い。

「……ユリウス」

立ち去ろうとしていた父が足を止め、温度のない眼差《まなざ》しでこちらを見据《みす》える。

「クリスティーナは間違いなく私の、ウィンクラーの娘だ。……クリスティーナが女であることに感謝するのだな」

「っ⁉」

（そんな、まさか……！）

今の父の言はまるで、己よりクリスティーナを認めていると告げたようなもの。

（私はウィンクラーとして認められないとでもいうのか？　クリスティーナが男であれば、ウィンクラーの次代はあいつだと？）

不穏な言葉の真意を問う間もなく己を残して去っていく父を、呼び止めることができない。

（馬鹿な！　そんな馬鹿なことがあってたまるか！）

理由も分からぬまま父に切り捨てられようとしているという事実に、不安と焦燥《しょうそう》が募《つの》る。不意に、いつかのクリスティーナの言葉が脳裏をよぎった。

——お兄様こそ、もう後がないのですから。精々、足元を掬《すく》われないようお気を付けくださいませ。

◇　◇　◇

フリードと王都で過ごす日々はあっと言う間に過ぎていく。彼が当初の予定であった二週間を過ぎて王都に滞在して三日目、剣術大会の日が訪れた。

晴天に恵まれたこの日。王宮騎士団の演習場にてフリードが姿を現すのを待ちわびる。彼の王都滞在中はトリシャとウェスリーも王都邸から学園に通っているため、彼らもフリードと共にやってくる手はずになっていた。

(流石《さすが》に早すぎたかしら?)

試合を観戦できるのは演習場を囲う塀の外側のため、できるだけ近くでフリードの勇姿を観たいという思いいで、人がまばらな時間から待機している。が、出場者さえまだ集まり切ってはいない時間帯では暇《ひま》を持て余すしかなく、ぼんやりと周囲に視線を巡らせた。視界に映ったのは、演習場に常設された観覧席だ。

(去年までは、あそこにいたのよね)

他より高さのあるその席からは、演習場全体を見下ろせる。去年まではアレクシス殿下に従い、王家や高位貴族の方々と並んで観覧していた。

(今年はあそこじゃなくて良かった……)

負け惜しみなどでなくそう思う。

おそらく、殿下はソフィアを伴《ともな》うのであろうが、正直、試合を見るのにあの場所は遠すぎる。出場者の表情までもが見えるこの場所のほうが、よほど試合を楽しめるだろう。

埒《らち》もないことをつらつらと考えている内に、こちらへ近づいてくる三人の姿が見えた。

（フリード様……）

彼の姿を目にしただけ、それも遠目にしただけで胸が苦しくなる。自分でも、相当、重症だなと思うが、フリードがこの地にいられるのはあと僅《わず》かしかない。その僅《わず》かな時間くらいは心のままにあってもいいだろうと自分に許して、こちらへ向かって走り出したその人に小さく手を振った。

「クリスティーナ！」

「……フリード様」

流石《さすが》に抱き締められることはなかったものの、身体が触れ合うほどの距離に近づいたフリードを間近で見上げる。優しい眼差《まなざ》しで見下ろされ、嬉しくて笑ってしまった。

今日のフリードはいつもと違う装《よそお》いをしている。タールベルクで何度か目にしたその姿に、惚《ほ》れ惚《ぼ》れと見入った。

「フリード様、今日は騎士服なのですね？」

「ああ。剣術大会に参加すると言ったら、トマスが送って寄越した」

「そうでしたか。間に合って良かった」

本来、剣術大会以外でも式典や夜会、フリードの騎士としての側面を重視する場面においては必要となる礼装。だが、彼は王都に出てきて一度も夜会へ出席していない。それが私を思ってのこと、一人ではどこにも行かないと決めてくれたフリードの――領主としては多少問題のある優しさに、心が満たされる。自分の預かり知らぬところで、この神々《こうごう》しいまでの凛々《りり》しさを誰にも見られなくて本当に良かった。

「お姉様、こんにちは！　お待たせしてすみません！」

「こんにちは、トリシャ。ウェスリーも」

フリードにやや遅れて合流した二人とも挨拶《あいさつ》を交わす。会場を見回すトリシャの隠しきれない興奮を、ウェスリーが愛《いと》おしげに見つめている。

「お姉様、お姉様は昨年も大会をご覧になっているのですよね？　対戦相手はどうやって決めるのですか？　お兄様のお相手はもう分かりますか？」

「いいえ。対戦は基本的には指名制で、我こそはと思う者が対戦相手を指名して戦う形式なの。フリード様の相手が決まっているわけではないわ」

「では、お兄様がお姉様に捧げた剣で王国一になるためには、ここにいる騎士の方々を片《かた》っ端《ぱし》から倒していけばいいわけですね！」

輝くような笑顔でそう言われては否定もしがたく、曖昧《あいまい》に頷《うなず》く。

「そう、ね……？」

(片《かた》っ端《ぱし》は難しいのではないかしら。連戦すればするほど、フリード様に不利になっていくから)

けれど、トリシャとウェスリーはフリードの優勝を欠片《かけら》も疑っていない様子だ。

私自身は、フリードの対人戦を見たことがないために一抹《いちまつ》の不安がある。魔術の使用禁止、身体強化もできないという条件では、或《ある》いは、フリードが怪我をする可能性だって考えられる。

「あ、ちなみに今年の優勝候補は第二か第三の隊長、もしくは第一のギレス・クリーガーらしいっすよ？」

ウェスリーの挙げた名にドキリとする。彼の名に、フリードが反応した。

「ギレス・クリーガー、クリーガー家の人間か。継嗣《けいし》、ではないよな？」

そう確かめる言葉に、ウェスリーが小さく首を傾《かし》げた。

「あれ？　クリスティーナ様、ギレス・クリーガーのこと、フリード様に話してないんですか？」

「ええ。フリード様にお話しするほどのことでは……」

言いかけた言葉は、勢い込んだフリードの声に掻《か》き消《け》される。

「待ってくれ、クリスティーナ！　そのギレス・クリーガーとやらがどうした⁉　まさか、私のクリスティーナにっ⁉」

いったい何を想像したのだろう。気色《けしき》ばむフリードを宥《なだ》めるように、首を横に振る。

「大したことではありません。ギレス様はアレクシス殿下の近衛《このえ》でいらっしゃるので、殿下との婚約破棄の際に少々あった、という程度です」

「殿下の……」

「はい。ギレス様は学園在学中から、殿下の護衛を務めていらっしゃいましたので」

「なるほど。クリーガー家は武の名門、継嗣《けいし》でなくとも流石《さすが》というところか。ああ、いや、だが、クリスティーナ、少々とは、その、具体的に何があったんだ？　聞かせてはもらえないか？」

案じてくれるフリードに、更に心配をかけるような言葉を口にすべきかどうかを迷う。口を開きかけたところで、横からトリシャに服の袖を引かれた。

「お、お姉様、あちら！」

言われた方向に視線をやって、軽く瞠目《どうもく》する。たった今、話題にしていた人。件《くだん》のギレス・クリーガーがこちらへ向かって真っすぐに歩いてきていた。

◆　◆　◆

第一隊の仲間と共に会場へ到着した直後、その姿が目に飛び込んできた。

（彼女だ……！）

言葉を交わしたのは一度きり。その後も鍛練《たんれん》に励《はげ》む彼女を見守ってはいたが、結局、それ以上の関わりを持つことはできなかった。その彼女が、今この場に、己と同じ空間にいる。

周囲の人間が連れ立って観戦する中、ぽつねんと在る彼女の姿だけが浮き立って見えた。

（観戦か。いったい、誰を観に……？）

剣術大会には、王宮騎士団の選抜者のみならず、各領地から集《つど》った精鋭たちの参加も認められている。事実、周囲には、馴染《なじ》みのない騎士服に身を包む者の姿がチラホラと見受けられた。

彼女の観戦相手がこの中にいるのだろうか。行き交う男たちを眺める内に、一つの思いが浮かぶ。

（もしも、この場において、己が他より抜きん出てみせれば、或《あ》いは……）

熱心に剣を振り続ける彼女のこと、剣技に優れる者に無関心ではいられないはずだ。

剣の腕であれば、己にも多少の自負がある。でなければ、王太子殿下の身の安全を預かるなどできはしない。今大会も、第一隊を預かる兄を下して代表の座を得たのだ。元から無様《ぶざま》を晒《さら》すつもりはないが、彼女の前であれば尚更。

そう決意を新たにしたところで、遠目の彼女が何かに気付く様子を見せた。

小さく手を上げる彼女に近づく男は、己の目から見てもよく鍛《きた》え上《あ》げられた体躯《たいく》をしている。

（騎士か。いったい、どこの？）

王都近郊の領地所属の騎士団であれば、多少の知識がある。だが、男が纏《まと》う黒を基調とした騎士服には見覚えがない。近くにいた第一隊の仲間、古参で情報にも明るい男に声をかける。

「……クルド、あの騎士服はどこのものだ？」

「あ？　どれ？」

傍《かたわ》らの男に分かりやすいように指し示すと、男の口から感嘆《かんたん》の声が漏れた。

「へー、珍しい！　辺境伯閣下じゃねぇか！」

「辺境伯？　北のか？」

「ああ。北の辺境、武のタールベルク、そこのご当主様だよ。てか、かの方が剣術大会に参加するのなんて初めてじゃねぇか？」

「……知らん」

答える声がいつも以上に色をなくしてしまうのは、視界に映る二人の距離が近すぎるせいだ。彼女が、辺境伯を見上げて笑っている。

「数年前だったかな。陛下に謁見なさった時の警護でお見掛けしたことがある、って、ああ！　そうぃや、閣下にゃ歳《とし》の離れた妹がいるんだったな」

「妹？」

「謁見の時、陛下とそんな話をされてたんだよ。今年あたり、学園に入学だった気がする。大会出場は、妹に会いに来られたついでってとこか？」

クルドの言葉に、一つの可能性に思い当たった。

「名は？」

「は？　名前？　閣下の？」

「いや、妹御のだ」

「いや、そこまでは知んねぇけど……」

彼女が辺境伯の妹である可能性もある。勢い込んで名を尋ねたが、己が彼女の名さえ知らぬことに気が付いた。よく考えれば、自身の名さえ名乗っていない。

（クソッ、何をやっているのだ、俺は……！）

「え？　あ、おい、ギレス。お前、どこ行くんだ？」

「……閣下にご挨拶《あいさつ》を」

勢いで歩き出した足を止めぬまま、背後のクルドにそう答えた。

視線はずっと、辺境伯の隣に立つ彼女に引きつけられている。

彼女の名を知りたい。彼女の正体を知りたい。もしも己の推察通り、彼女が辺境伯の妹であれば、彼女があれほど真剣に剣を振るっていたことにも納得がいく。

（武の家に生まれた者同士として、何か通じ合えるものがあるかもしれん）

胸の内に希望が灯《とも》る。彼女自身への接触が難しくとも、身内である辺境伯を通じて言葉を交わすことができれば――

逸《はや》る気持ちを抑えて向かった先、彼女から視線を外して、目の前に立つ偉丈夫《いじょうふ》に騎士の礼を取る。

胸に手を当て、頭を下げた。

「辺境伯閣下。突然の挨拶《あいさつ》、失礼いたします」

近づいたことで、体格の良い男の放つ周囲への威圧をはっきりと知覚する。気圧《けお》されそうになるのを自覚して、抗《あらが》う。

「ギレス・クリーガーと申します。父が陛下より王宮騎士団の長を拝命しております。武に名高い辺境伯閣下のお姿を拝見し、失礼ながらお声をかけさせていただきました。お会いできて光栄です」

礼をとったままのこちらに、辺境伯が同じ動作で応えた。警戒されているのか、素っ気ない、緊張感さえ孕《はら》んだ返礼は、先ほど彼女相手に笑っていた男の雰囲気からはかけ離れている。

視線を僅《わず》かに横に逸《そ》らすと、彼女と目が合う。辺境伯に寄り添う彼女には、己に対する忌避《きひ》も、以前のような恐怖も感じられない。初めて真っすぐに視線が合ったことに、胸の内が熱く疼《うず》く。

彼女にも軽く礼を取り、辺境伯に向き合う。

「ご歓談中に失礼した。……こちらは、閣下の妹御であらせられるか？」

「え？　いや、彼女は……」

己の問いかけに、彼女の目が大きく見開かれるのが見えた。その反応に違和感を覚えるが、同じく戸惑《とまど》う様子を見せる辺境伯の言葉の続きを待つ。

「彼女は、その、私の求婚相手だが……」

「つ！　そう、でしたか……」

胸に痛みが走った。湧き出したどす黒い感情が全身を駆け巡り、思わず眉間《みけん》に力が入る。辺境伯の慌てたような声が聞こえた。

「いや、だが、誤解しないでほしい。私が彼女に求婚したのは最近のこと、今年の春になってからだ。それまでは、彼女の存在さえ知らなかった。以前からの繋がりがあったなどと邪推されるような関係ではない」

辺境伯の言葉に、「またか」と思った。結局、ソフィアの時と同じ。己が想いを寄せる相手には、既《すで》に心に決めた相手がいる。

（春、か。俺が彼女に出会ったのが夏の終わり。僅《わず》かな差で……）

もし、彼女と先に出会っていたのが己であれば――

（……いや、未だ、だ。未だ、諦めるわけにはいかぬ）

ソフィアの時とは違う。相手は己の主《あるじ》ではない。ここで引かねばならぬ道理はない。

「求婚、と仰《おっしゃ》られたか？　では、ご婚約は未だ？」

「いや、婚約も既《すで》に成っている。……公表は時期を見てと考えているが、王家を軽んずるような真似はしないと誓おう」

辺境伯の言葉に頷《うなず》いた。社交界の情勢に疎《うと》い自分であろうと、タールベルク家の婚約ともなれば、まったく耳にしないということはない。公表前の婚約であるという事実に、背中を押される。

「閣下、貴方に手合わせを申し込みたい」

「……それは、私との対戦を望むということだろうか？」

「はい。もし、試合にて私が勝てば……」

言って、一瞬だけ視線の端《はし》で彼女を捉《とら》えた。

「彼女への求婚をお許しいただきたい」

「なっ⁉」

驚きに声を上げた辺境伯の表情が怒りへと変わる。彼が何かを言う前に、辺境伯の横で黙って佇《たたず》むその人に視線を向けた。

突然の宣言に驚かせてしまったか、警戒を滲《にじ》ませる彼女の瞳に希《こいねが》う。

「私が閣下に勝った暁《あかつき》には、貴方の名を教えてほしい」

「……本気で仰《おっしゃ》っているのですか？」

「ああ。その名をもって貴女の情《なさけ》を乞《こ》うつもりだ。どうか、私も貴女の求婚者の一人に加えてくれないだろうか？」

彼女の碧《あお》く澄んだ瞳が真っすぐに向けられる。瞬《まばた》きもせずに見つめ合う時間、その碧《あお》に何かしらの感情が現れることを期待したが、その答えを知る前に視界を巨体で阻《はば》まれた。

「駄目だ！　求婚など絶対に駄目だ！」

無粋《ぶすい》に遮《さえぎ》る声に、声の主である辺境伯を見遣《みや》る。

「……何故《なぜ》、とお伺いしても？」

「彼女は私の婚約者だ！」

「公表はされていないと仰《おっしゃ》ったのは閣下だ。ならば、婚約を解消することも容易《たやす》いでしょう」

僅《わず》かに目線を上げて、男の鋭い眼差《まなざ》しと真っ向から対峙《たいじ》した。

常ならば、己が見下ろす側、自分より長身を相手にすることなど滅多にない。だが、体格で劣ろうとも、剣技で引けをとるつもりはなかった。それが、たとえ武のタールベルク相手であろうと。

「……閣下との対戦を申し込んでまいります」

「ま、待て！」

「剣術大会において、挑戦を拒否することは敗北と同義。よもや、拒否されるおつもりか？」

己を制止しようとする彼にそう告げると、辺境伯が怯《ひる》んだ。再び止められる前にと、男に背を向ける。

絶好の機会、ここで彼を逃がすつもりはない。この場での決着、彼女の眼前での対戦で、必ずや男に勝利して見せる。

◆　◆　◆

止める間もなくこちらに背を向けた青年が颯爽《さっそう》とその場を後にするのを唖然《あぜん》と見送った。ポツリと呟《つぶや》きが漏れる。

「……ギレス殿は、クリスティーナと面識があるのではないのか？」

誰に向けるでもない己の疑問に、隣に立つクリスティーナが躊躇《ためら》いがちに答えた。

「はい。面識はあるのですが……」

ギレスの言動に戸惑《とまど》っているのはクリスティーナも同じらしく、彼を見送る彼女の眉根《まゆね》には皺《しわ》が寄っている。それまで、傍観者を決め込んでいたウェスリーが口を開いた。

「けど、あの人のあれ、冗談とかじゃなく、本気でクリスティーナ様のこと誰だか分かってなさそうでしたよ？」

彼の言葉に首肯する。ウェスリーが、クリスティーナに問いかけた。

「一、二度、顔を合わせただけとかじゃないんですよね？」

「ええ。彼の在学中はかなり頻繁《ひんぱん》に顔を合わせていたわ。殿下の公務に同伴した際も、護衛についていらしたし……」

「うーん。だったら、やっぱ意味分かんないすね」

その場にいる誰も彼の言動を理解できずに、場に沈黙が流れる。

(クリスティーナが、一方的に男に懸想《けそう》されること自体は理解できる。この先も、ああした輩《やから》は必ず現れるだろうしな……)

ただ、何故《なぜ》ギレスがクリスティーナを認識しないのかは謎だ。

「あの、もしかして、なのですが……」

クリスティーナが躊躇《ためら》いがちに口を開いた。

「心当たりがあるのか？」

「はい。私、殿下との婚約中とは化粧と髪型を変えているのです。印象がかなり違いますので、もしや、そのせいで気付かれていないのではないかと」

「化粧のせい？」

クリスティーナの顔をじっくりと観察してみる。

（……うん、可愛い）

どれだけ眺めてみても、クリスティーナはクリスティーナ。可愛い以外の感想が浮かばなかった。

「俺は化粧一つでクリスティーナを見誤ったりなどしないが」

「そ、れは！　あの、でも、本当に。昔はかなり強めの化粧をしておりましたから、それで……」

「たとえそうであろうと、クリスティーナの愛らしさが変わるわけでなし。ましてや、貴女のその内面からの輝きは、化粧なんぞで隠せるものでもないだろう？」

己の言葉に、途端、クリスティーナの頬に朱が差した。その初々《ういうい》しい反応に、心臓を掴《つか》まれたかのような苦しさを覚える。

（なるほど。確かに、この色が見える程度の化粧のほうが好ましい……）

クリスティーナから視線を逸《そ》らせずにいたせいで、脇腹にウェスリーの肘鉄《ひじてつ》をくらった。

「フリード様。イチャついていないで、もっと真剣に考えてくださいよ」

「は？　イチャつく？」

「まったく……。自覚なしが、一番タチが悪いっすよね」

その言葉に瞠目《どうもく》すると、鼻で笑ったウェスリーがクリスティーナを向く。

「でも、まぁ、これで、ギレス・クリーガーの行動にも説明がつきましたね」

「あ！」

ウェスリーの言葉に何か思い当たったらしいクリスティーナが、小さく声を上げる。

「何だ？　学園での行動？　やはり、あの男に何かされたのか？」

彼女の反応に不安を覚えて思わず詰《つ》め寄《よ》る。少しの逡巡《しゅんじゅん》の末に彼女が口を開いた。

「実は、以前、剣の稽古中に怪我をしてしまって」

「な、怪我っ!?」

「あ、怪我自体は大したものではありませんし、今はもう何とも。ただ、その時にたまたま居合わせたギレス様が治療を……」

「見せてくれ！」

クリスティーナの言いかけた言葉を遮《さえぎ》って、許可を待たずに彼女の手を取る。両の掌《てのひら》を開いて確かめるも——少し硬くなり始めてはいるが、怪我やその痕跡は見当たらなかった。安堵《あんど》すると同時、沸々《ふつふつ》と込み上げてくるものがある。

「あの、フリード様？　怪我はもう……」

「ああ。痕にはなっていないようだな。大事がなくて良かった。だが、貴女のこの手に他の男が触れたかと思うと……」

胸の内、込み上げたものに火が付き、メラメラと燃え上がる炎となる。

「しかも、あの男、あろうことか、貴女に求婚までするとは」

「……ご安心ください、フリード様。私がそれに応えることはありません」

そうであってほしい、だが――

「フリード様？」

妬心《としん》と焦燥《しょうそう》から彼女の手を離せずにいると、クリスティーナが困ったように笑う。

「ギレス様の求婚は本当に心配なさる必要はないかと。……仮に、今は本気でいらっしゃったとしても、私がクリスティーナ・ウィンクラーだと知り、すぐにでも撤回なさるでしょうから」

「……それは、どうだろうか」

あの男の瞳にあった熱がそう簡単に消えるとは思えない。己にも覚えがある。クリスティーナに対する、執着にも似た想い。

「すまない、クリスティーナ。分かってはいるんだ。貴女の言葉を信じたい。だが、これは俺の狭量というか……」

情けない心情を吐露《とろ》すると、クリスティーナの手が柔らかく己の手を握り返してくる。

「先ほど、ギレス様と『少々あった』と申し上げましたが、殿下との婚約破棄の際、私はギレス様に剣を抜かれました」

「な、馬鹿な！　何故《なぜ》そのようなことにっ？」

彼女の突然の告白。あり得ない状況を聞かされて血《ち》の気《け》が引いた。

「ギレス様は、不用意に殿下に近づこうとした私を止めようとなさったのです」

「たかがそれしきのことで、あの男は貴女に剣を抜いたというのか⁉」

「それほどに、私はギレス様に憎まれているのです。……ギレス様は、ソフィア様を害してアレクシス殿下の不興を買った私をお許しになっていません」

そう淡々と口にするクリスティーナの握り返す手に力が入る。

「それに、私も。あの時に抱《いだ》いた恐怖を忘れられません。……ですから、私がギレス様の求婚にお応えすることは、絶対にあり得ないのです」

己を安心させんがためのクリスティーナの言葉。だが、その場の状況を想像して眩暈《めまい》がしそうなほどの怒りを覚えた。

騎士が剣を抜く――

(己が主《あるじ》のためとはいえ、丸腰の、戦う力も持たぬ相手にだと？)

「クリスティーナ、貴女は……」

「はい？」

今、己を見上げる彼女の瞳に憂《うれ》いはない。しかし、彼女は確かに恐怖し、それを忘れられないのだと明かしてくれた。

その場に、彼女を護《まも》る者は誰もいなかったというのだろうか。

(貴女は、一人で戦ったのか……？)

その問いを口にする代わりに、自身の誓いを口にする。

「貴女のことは私が護《まも》る」

何に代えても、彼女を脅《おびや》かす全てのものから護《まも》ってみせる。これから先の彼女の人生に対する誓いを口にすると共に、腰の剣に触れた。

「貴女に捧《ささ》げたこの剣で、必ずや王国一となって見せよう。この国の誰も、二度と貴女を脅《おびや》かすことはない」

自身の誓いをこの場で形にすると決める。彼女を護《まも》る剣の強さを、この場にいる全ての者に知らしめなければならない。

クリスティーナに誓うと同時、拡声魔法で己の名が呼ばれた。振り返り視線を会場に向けると、観覧席に陛下の姿が見える。演習場中央には、剣を持つあの男の姿があった。

「……では、行ってくる」

「はい。お戻りをお待ちしております」

眩《まぶ》しそうにこちらを見上げるクリスティーナの言葉に頷《うなず》いて、演習場の中に足を踏み入れる。真っすぐにギレス・クリーガーのもとに辿《たど》り着《つ》くと、彼と並んで立たされる。世話役に試合用の剣を渡され、己の剣を預けた。そのまま、陛下の開会宣言が行われる。

どうやら、第一試合に指名されたらしい己とギレスが、陛下より激励のお言葉を頂いた。膝を折り、礼で応えてから立ち上がる。改めて、男と向かい合う。

「……初めに言っておこう」

対峙《たいじ》する、己より一回り歳下《としした》の騎士に告げる。

「加減はできん。貴殿はここで潰しておく」

たとえ、この男にとってはクリスティーナこそが悪なのだとしても。たとえ、己自身に正義がないのだとしても。彼女を害さんとした時点で、己にとっては目の前の男こそが悪。

（故《ゆえ》に、動機は義憤《ぎふん》。……そう言えればまだ、恰好《かっこう》もつくのだろうがな）

それだけではない動機を自覚して、自嘲《じちょう》が漏れた。

剣を抜いたギレスが構えに入る。油断なくこちらを見据《みす》えた男が、口を開く。

「私はどうやら、閣下の逆鱗《げきりん》に触れてしまったようだ。それほど、彼女を想われるか？」

（当然だ……）

ギレスの問いに心の内で答えて、こちらも剣を抜いた。

義憤《ぎふん》だけではない。どれだけクリスティーナが言葉を尽くしてくれようと、目の前の男が彼女を想う気持ちは本物だ。そこに不安がないなどと、どうして言えるだろう。この男は、今、この場で排除しておかねばならない。でなければ、不安のあまり彼女を辺境に攫《さら》ってしまいそうだ。

（……不甲斐《ふがい》ない）

情けないことに、己はこの男を恐れている。辺境にいる自身より余程クリスティーナと近しい距離、歳《とし》の頃も同じ。更には、彼女が己を認めてくれた武による強さをも持つ。

「……すまんな。貴殿相手に余裕はない。全力でいかせてもらう」

「望むところ」

自身の弱さを隠して向けた剣先に、男が応えた。剣を交える者同士、引けぬであろうと分かっていて、己の望みを口にする。

「私からも一つ、願いを。私が貴殿に勝った暁《あかつき》には、二度と彼女に近づかないでもらいたい」

告げた言葉に、男の剣先が僅《わず》かに揺れた。

「彼女の姿を視界に入れることさえ許さぬ」

重ねた言葉に、男が口元を引き結ぶ。

「……閣下が、先ほどの私の条件を呑んでくださるのであれば」

「いいだろう」

互いに決めた約定《やくじょう》に、剣を合わせて誓いの形を取った。

負けるつもりのない己にとっては、一方的な押し付けとも言える誓い。

大人気《おとなげ》ない――

トマスあたりに言わせればそうなるだろうが、ことクリスティーナに関しては、自分がどれほど無様《ぶざま》であろうと構わなかった。

数歩進んで、互いに距離を取る。

試合用にと渡された剣は軽く、刃先が潰してあった。大した殺傷力はないが、人に向ければ歴《れっ》とした武器だ。

――……あの時に抱《いだ》いた恐怖を忘れられません。

脳裏にクリスティーナの言葉がよぎる。自身の弱さを口にしながらも凛《りん》とした姿の彼女を想った。

彼女の気高さに影を落とした男への怒りと共に、一歩を踏み出す。

「参る」

「クッ！」

言葉と同時、詰《つ》めた距離に対するギレスの反応は悪くない。本気に近い一撃を止められた。

打ち合った剣が鈍い音を立て、火花が散る。そのまま力で押せば、押し返してくるほどの力はない。

（いけるか？）

ギレスが苦悶《くもん》の表情を浮かべた。が――

「クッ！」

「チッ」

（やはり、無理か）

押し切るより先に、こちらの剣が折れた。その一瞬の隙《すき》に距離を取られる。ギレスが態勢を立て直す、その前に追撃した。折れた剣で男の剣を叩き落とし、柄《つか》で、その腹に一撃を入れる。

態勢が崩れたギレスを蹴りで沈めた。

「ウグァッ！」

「……勝負ありだ」

痛みに呻《うめ》く男を見下ろして、折れた剣先を向ける。屈辱《くつじょく》か恐怖か、ギレスの顔が歪《ゆが》んだ。しかし、その瞳はまだ折れていない。ギラギラと睨《にら》み上《あ》げてくる瞳に、剣先を突き付ける。

「……引け」

動けば切る。その意思を示すと、ガクリと項垂《うなだ》れたギレス。

「……降参する」

小さく呟《つぶや》かれた声に剣を引く。顔を上げた男の瞳からは、不屈の光が消えていた。

「……誓いを忘れるな。今後一切、彼女に近づくことは許さない」

告げた言葉に返事はなかったが、力を失い立ち上がる気力さえないギレスの姿に、一まずは安堵《あんど》する。

どうやら目的は果たしたらしい。腐っても騎士。彼とて、力で示した立場を理解すれば、誓いを破ることはないだろう。

(……すまんな)

意図的にその意思を折りはしたが、ギレスに剣を捨てさせたいわけではない。彼が一人で立ち上がれることを願う。

蹲《うずくま》ったままの男に手を貸すことも、健闘を称えることもせずに背を向けた。

◆　◆　◆

(……無様《ぶざま》だ)

辺境伯が剣を構えた瞬間、理解した。

この男には勝てない――

武の頂《いただ》きに在る男にピタリと剣先を据《す》えられ、一歩も動けない。打ち込まれた一撃は重く、彼の剣を受け流すことも跳ね返すこともできなかった。そんな己に巡ってきた幸運、一瞬の勝機を活《い》かすことも叶わずに、結果、何もできぬまま地に転がされる。

「……クソッ！」

「ギ、ギレス様、動かないでください。まだ治療中ですので」

打ち負かされ動けぬ己を心配した仲間たちに運び込まれた救護用の天幕、寝転がった状態の己に治癒魔法を施《ほどこ》す魔導師の焦《あせ》りの声に、起き上がりかけた身体を再び横たえた。

「……はい。一応、これで治療は終わりです。治癒魔法を使いましたので、暫《しばら》くこの場で安静にしておいてください」

そう告げてそそくさとその場を後にした魔導師を無言で見送る。

完敗だった。

先ほどの試合を何度脳内で繰り返してみても、勝ち筋がまったく見えてこない。圧倒的な力量の差、隔絶《かくぜつ》した強さを前に為《な》す術《すべ》がなかった。

（俺は、驕《おご》っていたのか……）

クリーガーの家に生まれた者の常として、幼い頃より剣に親しんできた。物心つく頃には、同年で己に敵う者などおらず、長じるにつれ、年嵩《としかさ》の相手であろうと負けることのほうが少なくなっていく。いつしか兄をも超える力を身につけた己を、父は一族の誉《ほまれ》だと認めてくれている。

殿下自身に望まれてその御身を守る役目を与えられて後は更に、誰にも負けぬと抱いた自負。それが、今日たった一人の男の手によって打ち砕かれた。

狭い世界しか知らぬ故《ゆえ》の驕《おご》りの、なんと情けなく、惨《みじ》めなことか。地に伏した屈辱《くつじょく》、込み上げる羞恥《しゅうち》に漏れそうになる呻《うめ》き声《ごえ》を、奥歯を噛《か》んでやり過ごす。それでも、襲いくる悔恨に叫び出したくなる。

(何故《なぜ》、あんな馬鹿な誓いを立ててしまったのか……)

ただ負けただけではない、永遠に失ってしまったのだ。彼女の名を知り、己の想いを告げる機会を。それも、己の驕《おご》り故《ゆえ》に。

益なしと分かっていても、悔やまずにはいられない。握った拳《こぶし》を叩きつける先を探したところで、天幕の外に複数の気配を感じた。幕が開かれて現れた人影に、居住まいを正す。

「やられたな」

「アレクシス殿下。……面目《めんぼく》、ありません」

ソフィアとイェルク、ユリウスを伴《ともな》って現れた己の主《あるじ》に頭を下げる。気遣わしげな視線を向けてくるソフィア。彼女にも無様《ぶざま》な姿を晒《さら》したかと思うと、その顔をまともに見られない。

「やはり、タールベルクは強いか」

「はい。手も足も出ませんでした」

恥辱《ちじょく》に耐えながらも事実を告げる。軽く頷《うなず》いた殿下が、その視線を開いた天幕の外に向けた。視線の先を追うと、辺境伯と彼女の姿が視界に映る。仲睦《なかむつ》まじい、そう評したくなる二人の並ぶ姿に胸を焼かれ、耐えきれずに顔ごと視線を逸《そ》らした。

頭の上で、殿下が嘲笑《ちょうしょう》するのが聞こえる。

「どうやら、辺境伯がクリスティーナに懸想《けそう》しているという話は本当のようだな」

（クリスティーナ？）

脈絡もなく殿下が口にした名に、沈みそうだった意識が僅《わず》かに浮上する。「クリスティーナ」と言われて思い浮かぶのはただ一人、殿下の元婚約者であるクリスティーナ・ウィンクラーしかいない。

己の剣を捧《ささ》げるには足りないと切り捨てた女の名が、何故《なぜ》ここで出てくるのか。己の疑問をよそに、頭上で殿下たちの会話が続く。

「あの様子では、婚約も秒読みというところか。ユリウス、実際、どうなのだ？」

「公表は見送っておりますが、既《すで》に婚約は整っております。……婚姻も、学園卒業後にと父が許可を出しました」

「ほぉ？　ならば、目障《めざわ》りな女が王都から消えるのは時間の問題か。多少の猶予があることは気になるが、今のクリスティーナに何ができるでなし。問題はない、か」

「はい」

殿下の揶揄《やゆ》にユリウスが淡々と答える。二人の会話に混乱した。

いったい、何の話をしているのか。堪《たま》らずに口を挟む。

「殿下、辺境伯閣下とクリスティーナの婚約というのは？」

「何だ、ギレスは気が付いていなかったのか？　先ほど辺境伯と話をしていただろう？　伯の隣にクリスティーナもいたではないか」

「そんな……」

馬鹿な――

殿下の言葉にゾッとした。

(まさか、違う、あり得ない。何かの間違いだ……!)

辺境伯と共にいたのは彼女であって、クリスティーナ・ウィンクラーでは――

「ハッ! 見てみろ。今も、あのように寄り添い合って。いい気なものだな」

嘲笑《ちょうしょう》と共に殿下が顎《あご》で指し示した先を見る。

辺境伯の隣で穏やかに笑うのは見間違いようもなく「彼女」だった。

(まさか本当に、本当に、彼女がクリスティーナだというのか……?)

「……だが、彼女は、クリスティーナ・ウィンクラーとは顔が違う」

己のこぼした一言に、殿下の訝《いぶか》しげな視線が一瞬こちらを向くが、すぐに天幕の外に戻された。

「顔か。確かに、多少、化粧は変わったか? だが、あのプラチナブロンドはどう見てもクリスティーナだろう」

その言葉に何も返せずにいると、殿下の隣でイェルクが首肯した。

「瞳もそうですね。クリスティーナ嬢の瞳はウィンクラー家の碧《あお》ですから、一目瞭然《いちもくりょうぜん》です」

言われて、彼女に視線を向けてみるが、この距離では瞳の色までは分からない。必死に記憶を手繰《たぐ》り寄《よ》せれば、確かに、彼女の澄んだ碧《あお》には見覚えがあった。殿下の背後に立つ男、ユリウス・

ウィンクラーと同じ碧《あお》。

「そんな、馬鹿な……」

繋がった事実に唖然《あぜん》としていると、イェルクが首を傾《かし》げる。

「ギレス、貴方、本気で気付かなかったのですか？」

違う。気付かなかったのではない。彼女がクリスティーナ・ウィンクラーであるはずがないのだ。

「お前はどうも、女に疎《うと》いというか、頓着《とんちゃく》しないというか。ギレスに嫁《とつ》ぐ女は苦労するな」

殿下の揶揄《からか》いを含んだ言葉が、上手《うま》く呑み込めぬままに素通りしていく。

（だが、やはり、おかしいではないか。彼女とあの女ではまるで違う……）

彼女がクリスティーナであるならば、何故《なぜ》、あれほど必死になって剣を振る必要がある？　姿形だけでなく立ち居振る舞いまで変えて、自身を傷つけることさえ厭《いと》わない。クリスティーナが、あの女が、そんな真似をするはずがない。

そう断じようとして不意に浮かんだ考えに、頭を殴られたような衝撃を受けた。

（まさか、辺境伯閣下のため、なのか……？）

脳裏に甦《よみがえ》るのは、辺境伯相手に向けていた彼女の眼差《まなざ》しだった。己の知るクリスティーナとはかけ離れた笑みを浮かべ、一心に辺境伯を見つめていた彼女の眼差《まなざ》し。その瞳に溢《あふ》れる想いに自身の胸が軋《きし》んだのは、ほんの数刻前のことだ。

（彼女が剣を振るのは、武のタールベルク家当主のためだとしたら……？）

辺境伯との出会いが、クリスティーナを変えたのだとしたら――

（俺は、本当に愚かだ！）

彼女の想いの強さに、自身の至らなさを思い知らされる。

想う相手のために自らを変えた彼女と、姿形が変わっただけで彼女を彼女と見抜けなかった自分自身。その程度の想いで、どうして彼女の愛を乞《こ》おうなどと思えたのか。

（愚かすぎる……）

自嘲《じちょう》して、胸を襲うのは途方もない喪失感だった。彼女の正体を知った今、それでも褪《あ》せることのない自身の想いは、既《すで》に口にすることさえ許されない。

（出会っていたのに……）

彼女がクリスティーナだというのならば、己は辺境伯より先に彼女に出会っていたのだ。

天幕の外へ視線を向けると、辺境伯の隣に立つ彼女が見える。

（……気付いていれば、今、彼女の隣に在るのはこの身であったかもしれない）

自身の蒙昧《もうまい》に潰《つい》えた「もしも」を、自身の驕《おご》り故《ゆえ》に未来に望むこともできず、喉元にせり上がる咆哮《ほうこう》を必死に呑み下す。

胸を穿《うが》つ痛みにただ耐えるしかなかった。

◆ ◆ ◆

「え!? ギレス、近衛《このえ》を辞めちゃうのっ!?」

剣術大会の翌日。

アレクシスの執務室に呼び出された私に告げられたのは、「ギレスがアレクシスの護衛を辞める」という衝撃的な内容だった。

難しい顔をしたアレクシスの隣に腰を下ろし、向かい合わせに座るギレスの顔をマジマジと見つめる。一瞬だけ視線の合ったギレスは、すぐに俯《うつむ》いてしまった。

「……すまない、ソフィア。だが、今の俺では殿下をお守りすることはできない」

「そんなことないよ！　昨日の試合のことを気にしてるの？　だったら、その、残念だったとは思うけど、でも、あれは相手が悪かったってみんな言ってるよ？」

「殿下に捧《ささ》げる剣が、『相手が悪かった』では済まされないのだ」

ギレスが膝の上できつく拳《こぶし》を握る。血《ち》の気《け》の失せたそれを眺めながら、どうやって彼を慰《なぐさ》めればいいのかが分からずに私は途方に暮れる。

(折角《せっかく》アレクシスエンドを迎えたのに、ギレスが近衛《このえ》を辞めちゃうなんて)

『蒼穹の輪舞』ではアレクシスとのハッピーエンドを迎えた場合、攻略対象者たちに見守られながら結婚式を挙げるのがラストシーンだ。スチルと言われる一枚絵と共に、「アレクシスが周囲に助けられて王となる」というナレーションが流れる。その場には勿論《もちろん》、近衛《このえ》の騎士服を着たギレスも映っていた。

(どうしよう。これってもしかして、悪い流れなんじゃ……？)

不安に襲われ、どうにかしてほしくて隣に座るアレクシスを見上げる。ずっと難しい顔をしていた彼がこちらの視線に気付き、困ったように笑った。

「ギレスは一度思い込んだら頑固というか、融通が利かないからな。だが、俺は、ギレスのそういうところも気に入っている。残念だが、今回はギレスの希望を呑もうと思う」

「そんな。じゃあ、アレクシスの護衛はどうするの？」

「そちらは問題ない。第一から、他の騎士を寄越してもらうつもりだ」

だから心配することは何もないと言うアレクシスに頷《うなず》くと、目の前のギレスが立ち上がり、彼に頭を下げた。

「殿下。私の我儘《わがまま》をお許しいただきありがとうございます」

「そう思うのであれば、必ず俺のもとへ戻ってこい。待っていてやる」

「はい。必ずや」

最後にもう一度頭を下げたギレスが退出を告げ、部屋を出ていく。消せない不安感を抱きながら、彼の後ろ姿を見送る。

「……ソフィア、どうした？　何をそんなに怖がることがある？」

私の不安を敏感に感じ取ったらしいアレクシスの手が伸びてきた。肩を抱き寄せられて、そのまま身を任せる。

「何も恐れる必要はない。もし、ギレス以外の護衛では心もとないというのなら、騎士を複数配備すれば良いだけのこと」

「……うん。そうだよね。ありがとう、アレクシス」

「いや、いいんだ。お前が心安らかでいてくれねば、俺が不安になってしまうからな」

アレクシスの言葉に笑って返す。彼の言う通り、ギレスが離れていったからといって、不安に思うことなど何もない。

(ゲーム期間はもう終わってるし、そもそも、私はアレクシスを選んだんだから……)

だから、この嫌な気分、不穏で落ち着かないのは、ただの気のせい。無駄な杞憂《きゆう》、そのはず、なんだけど――

エピローグ

「え？　ギレス様がタールベルクへいらっしゃるのですか？」

剣術大会を見事優勝で飾ったフリードが王都での必要最低限の挨拶回《あいさつまわ》りを済ませたその日。明日にはタールベルクへ帰還するという彼に、タールベルク邸に招かれた。

二人きりでの茶会で、ここ数日の忙しさを語ったフリードが最後に言《い》い辛《づら》そうに口にした話に驚く。

「騎士団長閣下に頭を下げられてな。第一隊からの派遣という形で、ギレス殿をうちで預かってほしいとのことだ。……どうやら、ギレス殿自身がタールベルク行きを希望したらしい。私との約束で王都にはいられぬからと」

「それはまた、極端なお話ですね」

フリードから聞かされていた二人の間で交わされた誓い。

私の身を案じたフリードが、ギレスに私との接触を禁じたという話は聞いていたが、ギレスが王都を離れることまでは想像していなかった。元々、学園での接触があるかないか。それも、彼のほうが避けようと思えば完全に避けられる程度のものでしかないというのに。

「……フリード様に負けたことが余程悔しかったのでしょうね」

「グッ！　いや、私も少々、大人気《おとなげ》なかったとは思っているんだ。ギレス殿がタールベルクで武を磨きたいと言うのであれば、拒むつもりはない。ああ！　勿論《もちろん》、期限は切る！　貴女が学園を卒業するまで、タールベルクへ嫁《とつ》いでくるまでの話だ」

だから安心してほしいというフリードの言葉に頷《うなず》いて、ふと思い出した。

確か、『蒼穹の輪舞』のギレスルートにおけるバッドエンドは、「剣の道に生きることを決めたギレスが、辺境へ旅立つ」というものだったはず。

（……不思議）

悪役令嬢としての私がアレクシス殿下に婚約を破棄されたことで、終わりを迎えたと思っていた物語。

けれど、どうやらまだ、物語は続いていくらしい。

少しずつ、私の知るものとは形を変えていく物語《せかい》の結末《みらい》がどうなってしまうのか。それはもう、私にも分からないけれど――

「ん？　クリスティーナ、どうかしたか？」

見上げた碧《あお》の瞳、そこに映る自分の姿を認めて思う。

（どんな未来であろうと、私はこの人の傍《そば》にいたい）

その想いさえあれば、何一つ憂《うれ》うことなく未来に進んでいけると思った。

新＊感＊覚ファンタジー！

Regina レジーナブックス

レジーナブックス Regina

不遇な姉、異世界で人生大逆転!?

聖女の姉ですが、宰相閣下は無能な妹より私がお好きなようですよ？ 1～2

渡邊《わたなべ》香梨《かりん》

イラスト：甘塩コメコ

わがままで何もできない妹のマナから逃げ出したはずが何者かによって異世界に召喚されてしまったレイナ。話を聞くと、なんと当の妹が「聖女」として異世界に呼ばれ、その世話係としてレイナが呼ばれたそうだ。ようやく抜け出せたのに、再び妹のお守りなんて冗談じゃない！　そう激怒した彼女は、とある反乱計画を考案する。するとひょんなことからその計画に宰相のエドヴァルドが加わって――？

詳しくは公式サイトにてご確認ください。

https://www.regina-books.com/

携帯サイトはこちらから！

この作品に対する皆様のご意見・ご感想をお待ちしております。

おハガキ・お手紙は以下の宛先にお送りください。

【宛先】

〒150-6008 東京都渋谷区恵比寿4-20-3 恵比寿ｶﾞｰﾃﾞﾝﾌﾟﾚｲｽﾀﾜｰ８Ｆ
（株）アルファポリス　書籍感想係

メールフォームでのご意見・ご感想は右のＱＲコードから、
あるいは以下のワードで検索をかけてください。

アルファポリス　書籍の感想　検索

ご感想はこちらから

本書は、「アルファポリス」（https://www.alphapolis.co.jp/）に掲載されていたものを、
改題、改稿のうえ、書籍化したものです。

悪役令嬢《あくやくれいじょう》の矜持《きょうじ》　～婚約《こんやく》破棄《はき》、構《かま》いません～

リコピン

2023年 5月 5日初版発行

編集－黒倉あゆ子
編集長－倉持真理
発行者－梶本雄介
発行所－株式会社アルファポリス
〒150-6008 東京都渋谷区恵比寿4-20-3 恵比寿ｶﾞｰﾃﾞﾝﾌﾟﾚｲｽﾀﾜｰ8F
TEL 03-6277-1601（営業） 03-6277-1602（編集）
URL https://www.alphapolis.co.jp/
発売元－株式会社星雲社（共同出版社・流通責任出版社）
〒112-0005 東京都文京区水道1-3-30
TEL 03-3868-3275
装丁・本文イラスト－れんた
装丁デザイン－AFTERGLOW
（レーベルフォーマットデザイン―ansyyqdesign）
印刷－中央精版印刷株式会社

価格はカバーに表示されてあります。

落丁乱丁の場合はアルファポリスまでご連絡ください。

送料は小社負担でお取り替えします。


ISBN978-4-434-31937-2 C0093